João Paulo Cuenca

Mastroianni. Ein Tag

„Ich war der größte Onanist meiner Zeit.“
Oswald de Andrade

Mastroianni-Tag – [Adj.]: Lt. Großwörterbuch (von *Mastroianni, Marcello, it. Schausp., 1924–1996*) ein spielerisch in Begleitung schöner Mädchen flanierend und frei von jeder Zweckbestimmung den Launen der Umstände folgend vergeudeter Tag. Unabdingbares Zubehör eines klassischen „Mastroianni-Tages" sind Anzug, Sonnenbrille und vorzugsweise Hut. Außerdem lt. einigen Lexikografen: zwanghafte Selbstbeweihräucherung, die Einnahme von Dry Martini und/oder Gin-Tonic, Pferdewetten, Anflüge von metaphysischen Krisen sowie die Anwesenheit bei Gesellschaften und Partys, ohne eingeladen zu sein.

GEHT ES IHNEN GUT?

„Wo bin ich? Was soll das?“

ICH STELLE HIER DIE FRAGEN.

„Wo sind Sie?“

ICH BIN NUR EINE STIMME. UND SIE? WO, GLAUBEN SIE, SIND SIE?

„In einem Traum. Oder tot. Schauen Sie! Da unten, eine Wolke in Form einer Schnecke.“

ICH SEHE NICHTS. ERZÄHLEN SIE MIR VON DIESER WOLKE.

„Die Schnecke ist weg. Jetzt sind es Brüste. Ein Himmel voller Brüste, aus denen Milch auf die Erde rinnt ...“

MAN MERKT, DASS SIE JUNG SIND.

„Jung sein ist traurig! Ich hasse allein schon das Wort.“

WARUM?

„Ich finde, im Bus sollten die Alten aufstehen und uns ihren Platz überlassen ... Sie haben genug gelebt. Wir jedoch könnten jeden Moment sterben, ohne jemals etwas gesehen zu haben.“

WIE HEISSEN SIE?

„Cassavas. Pedro Cassavas.“

WIE ALT SIND SIE?

„Ich bin einundzwanzig. Das magische Alter.“

WIE GROSS SIND SIE?

„Einen Meter und sechsundsiebzig Zentimeter.“

WIE VIEL WIEGEN SIE?

„Ich wiege mich bereits seit der achten Klasse nicht mehr.“

WELCHE HAARFARBE HABEN SIE?

„Sind Sie blind?“

FÜRS ERSTE UND IM ZWEIFELSFALL JA. BEANTWORTEN SIE MEINE FRAGE.

„Schwarz, wie alle.“

WAS HABEN SIE HIER ZU SUCHEN?

„Keine Ahnung. Bin ich Ihr Gast?“

ICH STELLE HIER DIE FRAGEN.

„Das Spiel langweilt mich langsam.“

DAS IST KEIN SPIEL.

„Genau. Wann kann ich wieder nach Hause?“

NIE MEHR. ES GIBT KEINE RÜCKKEHR.

„Sie machen Scherze. Und warum brüllen Sie?“

DER DRAMATISCHE EFFEKT VON GROSSBUCHSTABEN FINDET IN DER LITERATUR VIEL ZU SELTEN VERWENDUNG. DOCH HIER DEMONSTRIERE ICH DURCH SIE MEINE MACHT.

„…“

VERSUCHEN SIE ES ERST GAR NICHT. SIE KÖNNEN DAMIT NICHTS ANFANGEN.

„Das ist nicht gerecht!“

DAFÜR KÖNNEN SIE ALLES SEHEN, WAS SIE WOLLEN. UND ICH NICHT.

„Und warum nicht?“

ALLES, WAS ICH SEHE, SEHE ICH MIT IHREN AUGEN.

10:32

„Wie viele Minuten in deinem Leben gibt es, über die du sagen kannst, dass wirklich etwas passiert ist?"

„Hallo? Wer ist da?"

„Aufwachen, es ist heute!"

Er knallte den Hörer auf und versuchte sofort wieder einzuschlafen, zog sich die Decke über den Kopf wie eine Muslima den Hidschab. Schon klingelte das Telefon wieder, und nach dem fünften Mal Klingeln gab Tomás Anselmo auf.

„Was ist heute?"

Aus dem eiskalten Bad kommend zog er sich an, ging auf die um diese Zeit noch gelb schimmernde Straße, zwischen Heerscharen von Namenlosen hindurch, umschiffte die Gräben faltig ausgestreckter Hände, die in langen Schlangen vor den allgegenwärtigen Lottoannahmestellen wartenden Eingeborenen, Umbanda-Gebete murmelnde Zigeuner, marschierende Marine-Infanteristen, Nonnen mit Sonnenschirmchen, elefantenartige Lastwagen, die Flaschen verteilen und Kreuzungen verstopfen. Nach einem Gang zwischen übereinandergestapelten Hütten hindurch („Streichholzschachteln mit Fenstern") und entlang übel riechender Gassen („Wir, der Krebs der Welt"), traf er in einer Bar an der Ecke auf mich.

Zwei abgebrannte Streichhölzer begegnen sich.

„Zieh diese Fresse aus dem Gesicht, Tomás. Es geht los, incontinenti!"

„Aber es ist doch noch nicht einmal elf."

„Schon?" Ich bestelle zwei Bier.

Wir leeren die goldenen Pokale in einem Zug, und der Kellner lässt unaufgefordert zwei Sandwiches mit Ananas und Filet Mignon – so steht es auf der Speisekarte – von seinem Tablett auf unseren Tisch gleiten.

Schon beim ersten Bissen trifft meinen Freund ein Flashback aus weiter Ferne: Bei den lärmenden Sonntagsessen seiner Kindheit, inmitten von aufsteigenden Rauchsäulen und ironischen Erwachsenengesprächen, biss das Kind, das Tomás Anselmo damals zu sein pflegte, in die blauen Plastikborten der Speisekarte genau dieser Bar, bis sie sich komplett auflösten, sehr zum Ärger der Kellner und zum Verdruss seiner Mutter, die ihn dafür regelmäßig mit einem Klaps auf den Handrücken strafte. Und vielleicht ist es genau diese halb zerstörte Speisekarte, die nun unter seinem Glas liegt, die Tomás, wie ein bockendes Pferdchen mit Rückspiegeln als Scheuklappen, insgeheim auf den Gedanken bringt, auch jetzt in die Speisekarte zu beißen.

Doch er schaut mich an, wiehert, schüttelt seine fleischigen Wangen, zuckt unsichtbar mit den Achseln und tut es nicht. Er kippt einen Zahnstocherbehälter aus und formt aus den zerbrochenen Stäbchen geometrische Muster auf der Tischdecke.

Rayo nuestro epitafio
Con un escarbadiendes
En la mesa del café
La alcantarilla sorbe
Otro dia
Rasbalando la vida
De las calles
Que amanecen sin apuro
Mientras canto este tango
A mi amor
Sea quien
Sea quien sea

Tomás versucht den Text eines finsteren Tangos von Antonio Ratón, aufgenommen im Jahr 1932, zu trällern, ohne die geringste Ahnung, wo eine Strophe beginnt oder endet:

An meine Liebe
Wer auch immer
Wer auch immer das sei ...

Als das Murmeln und die geistige Abschweifung über die Speisekarte und das Idyll seiner Spelunkenkindheit verstummt sind, verstricken wir uns in ein Gespräch über Freunde, die ausgewandert sind und mit denen wir einst Stühle, Tische und Gläser in dieser Bar teilten – Tomás stellt sich vor, dass die Gläser in guten Häusern, so wie die Speisekarten, immer dieselben sind, all die Jahre, von Tausenden Mündern geküsst!, seltsamen Schemata folgend, deren Gleichungen grafisch umgesetzt seinen Zahnstocherfiguren auf dem Tisch ähneln.

Während Tomás mit melancholischer Krümmung seiner Augenbrauen in unnütze Betrachtungen versunken introspektiv um sich selbst kreist, rülpse ich prahlerisch diatonische Skalen, errichte neugotische Schlösser aus Bierdeckeln und ziehe über unsere Ex-Freunde her.

„Ah, unsere satyrischen Freunde des Nichts! Lass uns auf sie trinken!"

Auf die frühreifen Dandys, Schriftsteller ohne Buch, Musiker ohne Platte, Regisseure ohne Film, mit denen wir in Zitaten inexistenter Romane sprachen, mit verbissener Leichtfertigkeit über Brücken und Biertische flanierten wie Lords, ohne auch nur einen Heller in der Tasche den Tag gegen die Nacht eintauschend und die Nacht für nichts in der Welt. Trinken wir auf unsere immerwährende Bereitschaft zu sinnlosen Vernissagen, Häppchen, zu denen uns nie jemand eingeladen hat! Auf unsere Zukunft und die Vergangenheit, kleine Momente von Leben im Dienste des Müßiggangs, unserer Selbst und einer begeisternden Leidenschaft: unserer süßen und unwiederbringlichen Jugend.

„Auf die, die gegangen sind!"

„Auf die, die zurückkamen!"

Viele haben es draußen versucht im Exil eines mythischen Auslands, in der wahren Kunst des Geschirrwaschens und Babysittens, mit Diplomen in Humanwissenschaften die duftenden Hinterlassenschaften kaukasischer Kleinkinder aus gutem Hause abwischend. Ihr Verlassen des Landes, anfangs noch neidisch bewundert von allen, krönte am Ende meist irgendein plötzliches Ereignis, das sie zur Rückkehr zwang: Geldmangel, ein Anfall von Panik, Kleinkriminalität, ethnische Säuberungen, ein überraschender Todesfall in der Familie oder Überschwemmungen und Tornados, denen die gläsernen Metropolen zum Opfer fielen, in die sie geflüchtet waren – als sei da eine mysteriöse Kraft, die sie zurückzerrte in die sich selbst abhanden gekommene Stadt, in die Bars, an Tische und Stühle, die allen und niemandem gehören, Gläser und die zu allen Zeiten zerbissenen Speisekarten. Sie kehrten zurück mit gesenktem Kopf, Veteranen eines verlorenen Krieges.

Der einzige, den sie je hätten kämpfen können.

Doch ich, Pedro Cassavas, würde niemals dieses Problem haben! Weder ich noch Tomás Anselmo, ewige Randfiguren, à la résistance!

„Welch hartes Leben, Tomás!“, sage ich und pfeife eine bourgeoise Hymne auf den wirklichen Königsweg allen Ruhms: die Verschwendung.

„Und die süße Maria, was sie wohl treibt?“

„Sie ist schon vor mir hinausgegangen. Muss früh zur Arbeit, die Gute.“

Im ockerfarbenen, ananasförmigen Schatten einer Baumkrone verbergen wir uns vor der Sonne. Die Menschenmenge zieht gleichmütig an unseren Stühlen auf dem unebenen Bürgersteigpflaster vorüber, den langen Weg eines heißen Donnerstags im Oktober geradewegs vor den Augen.

„Ich jedenfalls werde nie arbeiten, Tomás ...“

„Sie arbeiten, wir werden bearbeitet."

„Sie gestalten die Wirklichkeit, wir sind nichts als Gestalten!"

„Traurige Gestalten, meinst du."

Ein kleiner Junge kommt auf uns zu, bietet geröstete Erdnüsse in kleinen Papiertütchen an. Wir essen die Pröbchen, die er freundlicherweise vor uns über die Tische verteilt hat, und lassen noch zwei Bier kommen.

„Toll, diese Erdnüsse, nicht wahr?"

„Du wirst es noch weit bringen!"

Wir kaufen nichts. Das arme Kind verschwindet und verflucht unsere Seelen bis ins fünfte Glied. Dann materialisieren sich auf einem Luftschacht zwei Mädchen in eng anliegenden Kleidchen. Sie verkaufen Kaugummi, die eine zieht der anderen an den Haaren und schimpft.

„Kommet zu uns, ihr Kinderlein!"

„Warum streitet ihr?"

„Sie hat keinen Respekt, Mann. Sie muss Respekt haben vor mir, weil ich schon Brüste habe."

Und dann verschwinden sie Charleston tanzend zwischen schmutzigen Pfützen. Der Anblick der armen schwarzen Kinder macht Tomás schwermütig, und er bestellt die sechste Runde Bier. In so einem Moment wird er immer sentimental. Und es entstehen Dialoge wie:

„Das ist die Farce des Lebens ... Eine Farce!"

„Ja!"

Oder:

„Es läuft alles verkehrt in der Welt, mein Freund!"

„Ja!"

Und dann, wenn es nichts mehr zu sagen gibt, kommen spektakuläre Trinksprüche:

„Auf den Geist der Armen! Die naiven Touristen!"

„Auf die Künstler des neuen Jahrhunderts! Auf die dahindämmernden Hüter der Sprache!"

„Auf die ehrwürdige Wissenschaft! Auf die neue Aristokratie!"

„Auf unser junges Elend! Die Dringlichkeit des Hier und Jetzt!"

Und so weiter.

Wenn Tomás Anselmo zu trinken beginnt, zählt er seine Biere, verliert nach dem sechsten den Überblick, vor allem, wenn es nichts kostet. Und mit der Kontrolle auch jeden Rest Anstand, die Anselmo sonst teure Zurückhaltung:

„Leckmichamarsch, Pedro Cassavas! Warum bloß muss ich mir immer dieses Gelaber anhören? Ich hab Wichtigeres zu tun, als mit dir meine Zeit zu vergeuden!"

„Hast du nicht. Und ich liebe dich. Ich kann ohne dich gar nicht leben."

„Ich aber schon ohne dich."

„Natürlich. Du kannst überhaupt ohne jemanden leben, und das bereits seit Jahren."

Tomás lacht und knallt mit dem Kopf auf den Tisch.

„Arschloch!"

Mit regloser Miene und der Andeutung eines in die Luft gereckten Kugelschreibers signalisiere ich Cícero, dass wir zahlen wollen.

Wir gehen: auf die Straße! Die Straße, die uns erfunden hat, die Minestrone aus Asphalt und dem Absurden in unseren Knochen. Und schlängeln uns in andantino zwischen fremden Hintern hindurch.

Mein Freund ist ein ganzes Stück größer als ich und bewegt sich schlaksig wie ein Heranwachsender, trotz seines Alters und des kantigen Gesichts, mit einem Kinn wie eine eckige Klammer, Wangen in Form von zwei Parenthesen und den fetten Augensternchen unter tildeförmigen Brauen. Ich selbst bin nicht gerade schön, ich kann mich jedoch bewegen, die Augen zukneifen und meinen Hals im richtigen Winkel neigen, was den meisten Frauen, immer weniger anspruchsvollen, immer verzweifelteren Hormonbomben, für eine spontane Leidenschaft mehr als genug ist.

Als wir am Eingang zu einer billigen Einkaufspassage vorbeikommen, lenkt ein plötzlicher, fester Entschluss unsere Schritte: Ich muss mich rasieren lassen!

In der Passage sitzen bereits einige vor pyramidalen Tellern eines frühen Mittagessens, Bauernhintern quellen über Hocker und Ellenbogen werden auf den Glastresen der Imbissstuben gestemmt. Die Bedienungen hinter der Theke starren hündisch auf in Elektrowerkstätten gestapelte Fernsehgeräte, in denen überall derselbe Kanal läuft, magische Spiegel, die aus unterschiedlichen Blickwinkeln alle das gleiche narzisstische Bild wiedergeben: ein Trickfilm mit Bugs Bunny. Am Ende der Galerie gibt es quer zum Hauptgang eine endlose Reihe Friseure, Barbiere und, internationalem Sprachgebrauch folgend, Coiffeurs. Wir zählen ab, welchen wir nehmen, und fläzen unsere Körper in stählern verzierte Königssessel, umgeben von Spiegeln, die den Raum größer erscheinen lassen, als er in Wirklichkeit ist, eine Kathedrale, innen viel größer als außen.

„Einmal rasieren, bitte." Ich strecke mein Kinn meinem verdoppelten Abbild entgegen und spüre den kaum unterdrückbaren kindlichen Stolz darauf, dass ich mich rasieren lasse in dieser gewöhnlichen Einkaufspassage, ein warmes Handtuch auf das Gesicht gelegt bekomme und es, ohne mit der Wimper zu zucken, mit der scharfen Klinge aufnehme, als sei das Ritual dieses Barbiers eine Bestätigung meiner erbärmlichen und völlig aus der Mode gekommenen Männlichkeit.

Der Alte („Péricles" steht in Blau auf seine Hemdtasche gestickt) balanciert seine Brille auf der Nase und schlurft mit gewienerten Schuhen und dem Habitus einer Debütantin, die ihren allerersten Walzer mit einem Cousin zweiten Grades tanzt (einem Kadetten der Militärschule, das stumpfe Schwert an der Hosennaht), über den wie ein Damespielbrett gemusterten Boden. Péricles schärft, von meinen Gedanken unberührt, seine spanische Klinge an einem Riemen aus Wildschweinleder.

Tomás wird, den Rücken in seinen Sessel gepresst, von einem hispanischen Elvis bedient, der bedeutend jünger als Péricles ist und am Gürtel ein Arsenal von Kämmen und Messern trägt. Als sich die Klinge seiner Halsschlagader nähert, bekommt mein Freund Panik und malt sich aus, welches Blutbad ein falscher Schnitt auslösen würde.

Ich grinse, als ich der unbeabsichtigten, aber umso heftigeren Erektion in meiner Hose gewahr werde, während ich eine Zeitschrift mit nackten Frauen durchblättere, die der Barbier aus einer Schublade gezogen und mir feierlich überreicht hatte.

„Der Leckerbissen hier kam gestern erst an die Kioske, junger Mann."

Nichts auf dieser erbärmlichen Welt geht über eine unschuldige Erektion!

Während wir, mit weißen Kitteln um den Hals, rasiert werden, strecken Damen mit roten Haaren und Mädchen in Miniröcken über den spitzen Knien ihre Zehen aus, damit andere, die vor ihnen am Boden knien, ihnen die Fußnägel anmalen. Entgegen der Tradition ist es ein gemischter Salon, in der Luft hängt eine Spraywolke, und alle müssen weinen.

Schließlich betrachte ich, während Péricles meine Haut trocknet, mein Kindergesicht: Ich straffe die Kaumuskeln, nun ohne Scheu, mich für gefährlich grausam zu halten, habe ein salziges Gefühl von Zerstörung auf den Lippen und unter dem Arm eine Neutronenbombe, die Häuser und Höschen zu Boden reißt!

Duftend nach Haarspray, gehen wir neu geboren nach draußen.

„Ich bin total nüchtern! Kein Vormittagsrausch übersteht den Kitzel einer Rasierklinge am Hals."

„Besser als eine kalte Dusche und Kräutertee, Dom Pedro."

„Und das Gefühl hat mich hungrig gemacht."

„Ich lade dich ein."

Ich habe immer mehr Geld in der Tasche als Tomás, der trotz seines Alters und seines kantigen Gesichts mit den eckigen Klammern und Sternchen noch bei seinen Eltern wohnt. Doch das Geld gehört nicht mir – was den Duft des Rasierwassers noch ein bisschen süßer macht.

In Zeitlupe und unter hart galoppierenden Gitarrenriffs gehen wir bis zu einem Platz, auf dem kleine Dämonen, von zaghaften Kindermädchen beobachtet, umhertoben und einäugige Tauben aufflattern. In der Ferne überleben melancholisch einige Palmen, höher noch als die Häuser. Auf den Gehwegen konkurrieren Fußgänger um den knappen Raum mit fliegenden Händlern, auf Straßentand aller Art spezialisierte Unternehmer, die Uhren, Armbänder, chinesisches Spielzeug, antiquarische Illustrierte und vor allem das Neueste der weltweiten Filmproduktion auf silbernen Scheiben feilbieten. Ich suche den Alten, der Bücher verkaufte. Er steht jetzt woanders, ist tot, keine Ahnung: Es gibt keine Bücher mehr auf der Straße. Hatte er außer mir keine anderen Kunden? Na ja, wer will schon Bücher?

Ein Bettler sitzt unter der Rutsche und raucht, ascht sich selbst in den Mund, seine Zunge ist sein Aschenbecher. Die entbehrlichen Kinder wirbeln etwas Staub auf, und die Alten vergeuden ihre letzten Stunden beim Damespiel. Weiter hinten steht eine Kirche aus Marmor, die wie ein fetter, blinder Aufpasser über alles wacht.

Der arme Materialist kommt auf uns zu und bittet um Geld. Ein Barde vielleicht? Ich entgegne seiner schmutzigen aufgehaltenen Hand:

„Tut mir leid, mein Freund. Heute ist mir nicht nach Poesie!“

„Mir kommt das alles hier wie vorgestern vor, Pedro.“

„Ich rede mal mit dem Churros-Verkäufer.“

Der Typ mit den Churros ist hier im Viertel der Dealer. Ich stelle mich in die Schlange hinter ein halbes Dutzend Omas mit tapfer hysterischen Kindern. Eine von ihnen zeigt mit dem Finger auf mich.

„Wie heißt du?“

„Pedro Cassavas.“

„Was für ein schwuler Name!“

Als ich an der Reihe bin, bestelle ich hundert vom Schwarzen. Der Verkäufer schaut sich nach allen Seiten um, wickelt eine kleine Tüte mit hundert Gramm Haschisch in das Papier, in das er sonst seine Süßspeise verpackt, und überreicht mir gegen geringes Geld und mit verlegenem Lächeln die Ware.

„Feines Zeug. Guten Flug! Immer wenn ich hier auf dem Platz kaufe, ist es dem Kerl peinlich.“ Ich bin wieder bei Tomás, der sich von derlei Transaktionen lieber fernhält.

„Gefällt mir. Ein Dealer mit Anstand ...“

„Ein Mann der Tugend!“

„Ein Kavalier von moralischem Zuschnitt!“

Und so weiter.

„Das bedeutet, dass es noch Hoffnung gibt für unser Land, Tomás!“

„Es ist an uns, unseren Teil dazu beizutragen."

„Appetit anzuregen."

Ein paar Straßen weiter sind wir an der Piazza del Duomo (auch Platz der Schäflein genannt), wo wir unter einem Bogen hindurch rechts eine steile Gasse hinaufgehen. Mein Haus ist das dritte und lehnt an einem von Efeu grün bepinselten Felsen. Wir steigen eine alte gewendelte Treppe vier Stockwerke hinauf bis zur Wohnung.

Dort nehmen wir zwischen Klamotten und herumliegenden Papieren auf dem Sofa Platz. An den Wänden prangen aus dem Zusammenhang gerissene Sätze ehemaliger Gespielinnen, Aphorismen von angesagten Denkern wie Schoscho, Nini und Dydy, dazwischen pornografische Wachsmalstiftzeichnungen. Windschiefe Regale halten Schallplatten, Filme und Bücher in einem empfindlichen Gleichgewicht – der Einsturz ist nur eine Frage der Zeit. Überall Poster, auch an der Decke, von italienischen und französischen Filmen der Sechzigerjahre des vergangenen Jahrhunderts. Ich ziehe eine Wasserpfeife zu uns herüber und bitte Tomás, sich mit der Glut zu befassen, gehe in die Küche und komme mit zwei kalten Bieren zurück.

Bevor ich die Dosen aufreiße, schalte ich den Videorekorder ein: Ein Paar geht in Schwarz-Weiß über eine Brücke. Sie lächeln verliebt, er in einem dunklen Anzug, sie ist um die Augen geschminkt und trägt ein gerade geschnittenes Kleid über dem schlanken Körper. Der Mann hat etwas Grobes und strahlt zugleich Zärtlichkeit aus, die Frau könnte aus Osteuropa sein und Stammgast in schummerigen Cafés oder in unterirdischen Tanzlokalen, in denen sie alle, vom Garderobier bis zum Barmann, mit einer Vertrautheit begrüßt, die ihren Begleiter in seinen spitzen Schuhen irritiert. Später steppt sie vielleicht über das Bankett im festlichen Speisesaal eines Palasts. Der Mann könnte aus einem Verkehrsstau herausschweben oder in einem zerbeulten Chevrolet mit einem Revolver auf dem Beifahrersitz über die Landstraße durch einen Tunnel aus grauen Bäumen in die untergehende Sonne rasen oder die Gastgeberin auf einem Fest bei der Hand nehmen und mit ihr unter leeren Geständnissen und Versprechungen in den Garten der Villa verschwinden, oder auch, oder auch.

Wo wollen Sie hin?

„Das frage ich Sie. Ich bin gefangen!“

Versuchen Sie aufzustehen. Unterhalten Sie mich.

„Sehen Sie nicht, dass ich nicht kann? Ich würde stürzen. Mein Sitz schaukelt über den Wolken. Ich sehe nicht, wo die Ketten befestigt sind, an denen er hängt!“

Sie haben ihn dort befestigt, Pedro Cassavas.

„Wie bitte? Ich habe überhaupt nichts getan. Ich war nur …“

Pssst. Warten Sie.

„Was ist?“

Möwen. Hören Sie?

„Nein. Ich sehe nur diese Herde elefantenartiger Nimbuswolken auf mich zurasen!“

Haben Sie Angst vor dem Tod?

„Nein, ich habe keine Angst, vor gar nichts. Der Tod ist nichts weiter als eine Uhr ohne Stundenzeiger!“

Ich habe keine Zeit für Ihre metaphysischen Banalitäten. Erzählen Sie mir aus meinem Leben! Reden Sie über mich!

„Ich kenne Sie nicht. Sie sind wahrscheinlich ausgedacht!“

Aber Sie haben mich gerufen. Damit ich mehr über mich erfahre.

„Unmöglich. Ich habe Sie nicht gerufen. Ich muss mich nicht mit Ihnen oder Ihren Erfahrungen befassen. Sie sehen doch, in welcher Situation ich bin …“

Wenn ich jetzt gehe, verschwinden auch Sie, mitsamt Ihren Ketten. Es wäre klüger, mich zu unterhalten! Man stürzt sehr tief.

„Das macht doch alles nicht den geringsten Sinn. Ich bin auf einer Schaukel gefangen und unterhalte mich mit einer idiotischen Stimme. Mein Gott!"

Wie stehen Sie zu dem?

„Gar nicht."

Sie glauben nicht an Ihren Schöpfer?

„Glaubt er denn an mich?"

Philosophische Plattitüde.

„Mir fiel nichts Besseres ein ..."

Sie täuschen sich – wie gewöhnlich, Cassavas. Ihr Gott ist nicht mein Gott! Wir haben unterschiedliche Götter, sie kennen sich nicht. Haben unterschiedliche Stammkneipen.

12:58

Während träge Kathodenstrahlen in Grautönen Bilder auf den Fernsehschirm malen, reicht mir Tomás den Schlauch mit dem Mundstück und umgekehrt ich ihm, bis sich aller Tabak in Rauch und einer Ansammlung unmotivierter Neuronen aufgelöst hat. Ich hebe an zu einem langweiligen Monolog über eine Filmsequenz und begeistere mich für ein Detail, was Tomás, dessen Kopf mit Blick zur Decke im Sofa versinkt, mit vollkommener Gleichgültigkeit honoriert. Als ich eine Pause einlege, um einen Schluck zu trinken, erwacht er aus seiner Lethargie.

„Ich muss jetzt wirklich was essen", sagt er und reckt den Hals, als müsse er Worten aus dem Mund eines unsichtbaren Wesens lauschen, das sich vor ihm aufgebaut hat.

„Trink noch ein Bier, während ich duschen gehe."

„Duschen? Um diese Zeit?"

Tomás, viel anfälliger als ich für diese Art von Tätigkeit, verliert jedes Mal komplett das Gefühl für Zeit und Raum – oder löst sich aus der kollektiven Wahrnehmung von Zeit und Raum in den Filmen oder der Leute dort draußen – und verkriecht sich in einer von Rauch angetriebenen Konstruktion aus Zahnrädern, Federn und Pendeln. Die Zeit zwischen dem Gedanken, nach der Bierdose zu greifen, und dem nach der Bierdose Greifen selbst wird derart verdunkelt von einem chemischen Dämon, dass an etwas zu denken dasselbe Gewicht bekommt wie die Tätigkeit selbst. „Habe ich meinen Arm bewegt oder nur daran gedacht, ihn zu bewegen?“ Also nimmt sich Tomás vor, nach der Bierdose zu greifen und zu trinken, doch Sekunden später weiß er schon nicht mehr, ob er bereits getan hat, was er tun wollte, oder es nur Einbildung war, und verbringt ganze Augenblicke oder Stunden in diesem existenziellen Stotterzustand, ohne an dem Bier zu nippen, bis ich zurückkehre und er aufhört, die Risse an der Zimmerdecke anzustarren, und mich endlich wahrnimmt.

„Dandy! Schwuchtel!“

Ich trete in einem Nadelstreifenanzug aus dem Flur. Anselmo lacht laut auf und grinst.

„Hältst du dich etwa für Claudia Cardinale, du Schwachkopf?“

„Warum soll ich mich nicht nett anziehen? Und eines ist klar, mein Lieber, ein eleganter Mann wie ich jetzt sollte nicht mit einem abgerissenen Typen wie dir gesehen werden.“

„Aber ich bin nicht schwul. Deine Klamotten passen nicht zu mir. Weil ich groß bin und du klein!“ Und wieder lacht der arme Kerl in seiner abgewetzten Bermudashorts, dem T-Shirt aus der Wahlkampagne irgendeines Parlamentsabgeordneten und mit schwarzen Plastikbadelatschen an den Füßen hemmungslos.

Bevor ich auf einem Paar Italienern nach draußen schwebe, greife ich mir noch einen Panamahut und eine dunkle Sonnenbrille vom Tisch neben der Tür.

„Aber jetzt."

„Oscar Wilde, wie er im Buche steht."

Die badelatschigen Sprüche des bekifften Tomás lassen mich ihn zur Strafe und mit der Aussicht auf ein Mittagessen über die Straße schleifen zu einem gewissen Maison aus mit Perlen verziertem Marmor. Nachdem wir den Boulevard des Capucines heruntergelaufen sind, durch romanische Bögen und shintoistische Portale, gehen wir in einem Einkaufszentrum drei Treppen in die Tiefe und gelangen in einen weitläufigen Salon, in dem an über Kilometer entlang der Wände verlaufenden Stangen Kleidung hängt. Alles beleuchtet von weißem Scheinwerferlicht und Reflektoren.

„Genau so möchte ich meinen Freund", sage ich der Verkäuferin und halte ihr Jackie O. unter die Nase. Das Mädchen schnipst mit den Fingern und ruft zwei Kolleginnen herbei.

„Was soll das, Pedro?", flüstert Tomás, und dann mit unglaublicher Affektiertheit: „Cazzo!"

Ich antworte:

„So ist das Leben."

„Versteh einer die Weiber!"

„Buñuel, Éluard ... Jorge Ben!"

Oder auch:

„Es soll überhaupt nichts, Anselmolein."

Unterstützt von zwei sehr rothaarigen, in Tweedkostüme gezwängte Nymphen mit Pferdeschwänzen und schüchternen Füßchen in roten Pumps Größe vierunddreißig, wird mein noch immer in Trance befindlicher Freund ausgezogen und wieder eingekleidet, wie ein gerade ins Krankenhaus eingelieferter Patient. Die Verkäuferinnen achten nicht im Geringsten auf die Privatsphäre ihres besonderen Kunden und reißen immer wieder die Tür der Umkleidekabine auf, in der Hoffnung, etwas von der bis dahin erst wenig gewürdigten Nacktheit meines Freundes zu erhaschen.

Ich schlage auf einer Chaiselongue meine Beine übereinander und schaue all dem mit dämlichem Grinsen zu. Ich überlege mir, eine Zigarre anzuzünden und gleich hier zu rauchen, dann aber fällt mir ein, dass ich gar keinen Tabak rauche. Ich kneife die Augen zusammen und halte Daumen und Zeigefinger zu einem „L" ausgestreckt vor mein Gesicht, simuliere eine Kameraeinstellung, die es niemals geben wird.

Und dann würde ich Plattitüden schreiben wie: „Ich lebe eine fiktive Illusion, die nicht nur autobiografisch, sondern vor allem filmisch ist und mir selbst mein eigenes Leben erzählt (die Bar, den Friseurladen, diese Boutique). Ich lebe das Leben, das ich erzähle, und sehe das, was ich lebe, in Echtzeit und 16:9, während ich bei vollem, glasklarem Bewusstsein, der „junge" Pedro Cassavas zu sein, die Straße entlanggehe, um die Ecke biege, ein neonbeleuchtetes Aquarium betrete und dort in sepia gefärbtem Gegenschnitt meinen Freund (ein großes Kapitel dieser Biografie!) Tomás Anselmo erblicke, der von zwei gut ausgestatteten Damen eingekleidet wird. Und wer weiß, ob sie nicht irgendwann staunend mein Bild in der Zeitung entdecken, und dann wird die eine die andere antippen und flüstern: ‚Den Typen kenne ich doch, er war doch mal bei uns im Laden?!' Und dann werden sie meinen Namen erfahren, ‚Pedro Cassavas' in Anführungszeichen, wie der Namen eines irgendwie Legendären, eines Abenteurers und Globetrotters und ..."

Aber natürlich strebe ich überhaupt gar nichts an. („Diplomatie des Diplomaten!")

Bin zu gar nichts bereit.

(„Regierungssubventionen von Paris!")

Und kenne die Freude über einen verwirklichten Plan nicht.

In dem Moment, in dem mir diese byzantinische Weisheit bewusst wird, bin ich Tomás, der keine Ahnung hat, ob das, was er getan hat, Realität ist: Zwischen der Zeit der Protagonisten und meiner eigenen klafft eine Pause des Schweigens, eine Lücke in der Handlung. Ich bin allein auf er Welt, abgetrennt von den anderen, sitze in der Tiefe des Raums und bin Zuschauer dessen, was nie geschah (mich inbegriffen), alle Szenen sind bereits gedreht und geschnitten.

Und dann würde ich schreiben:

„Ich lebe meine Vergangenheit, habe aber keinen Zugang zu dem Teil von mir, der die Zukunft kennt, in der jener Mensch, der ich jetzt bin, sich befindet und erschrocken, die Hände in den Hosentaschen, zurückschaut!"

Und:

„Es ist alles Erinnerung, und alles ist noch nicht geschehen!"

Oder:

„Ich habe nichts zu sagen, trotzdem sage ich es!"

Tomás' alte Klamotten bleiben in einer Tüte zurück, die eine der Krankenschwestern mit spitzen Fingern aufnimmt und mit dem Blick einer Sphinx fragt:

„Das hier kann ich wegschmeißen, jaaa?"

Wir gehen hinaus ins Faubourg, pfeifend und in Tomaten beißend, elegant in gerade Hosen gekleidet, deren Saum genau über den spitzen Schuhen endet. Tomás trägt einen hellen Anzug, wie ein mediterraner Kellner, im Unterschied zu meiner eher dunklen Aufmachung. Zwei Straßenecken und eine Fußgängerbrücke weiter beginnt sich mein Freund an seine neue Montur zu gewöhnen, als er neue Blicke auf sich gerichtet sieht, stumm gegrüßt und goutiert wird von distinguierten Jugendlichen und älteren Herren mit Hut, als gewährte ihm seine Garderobe Zugang zu einer diskret eleganten Bruderschaft. Männern, die einander vertraut abschätzen, welche Position jemand in seiner Firma einnimmt, woher seine Kleidung stammt, wie hochwertig und teuer seine Schuhe sind. Tomás Anselmo, der sich bis dahin kaum je Gedanken über die Existenz einer geheimen Bruderschaft von Anzugträgern gemacht hatte, ist hin- und hergerissen zwischen einer gewissen Eitelkeit um die Lippen und gleich darauf dem Gefühl, all das ziemlich beklemmend zu finden.

„Don Pedrone, es ist doch nicht Karneval ..."

„Sieh nur, wie herrlich. Wir zwei hier, bekifft und herausgeputzt wie zwei Berühmtheiten aus dem Radio, und es ist noch nicht einmal drei Uhr!"

„Du magst recht haben."

„Das muss gefeiert werden!" Ich springe auf und klopfe meinem Freund auf die Schulter.

„Was denn?"

„Egal", antworte ich, wie immer auf unbequeme Fragen aus seinem Mund.

Zwei kupferne Fräulein in Schleiern aus Orleans zupfen uns am Eingang zu einer Moschee am Ärmel.

„Hier entlang. Hier entlang!"

Wir brauchen einen Moment, bis wir begreifen, was sie uns sagen: Sie laden uns exklusiv ein, durch eine finstere Pforte zu treten, die unter dem Minarett des Bauwerks kaum zu erkennen ist. Wie zu erwarten sagt mir Tomás Anselmo mit erschrockenem Blick, dass wir sofort hier verschwinden sollen, doch ich lasse mich von den bemitleidenswerten Damen verlocken, die uns Gratisgetränke versprechen und verbotene Lüste.

„Darf man nicht verpassen!", sage ich, und Tomas folgt mir nach einem Stoß in die Rippen. „Moral ist eine Schwäche des Geistes, Anselmo!"

Ich gebe den Alten großzügig Baksheesh, und die Türe fällt hinter uns dumpf ins Schloss. Wir steigen eine steile Treppe hinab, die uns dazu zwingt, den Kopf einzuziehen, bis wir in einen unterirdischen Raum kommen, der dunkel genug ist, um die Gesichter der anderen Männer nicht erkennen zu können. Orientalische Kellner empfangen uns, heften uns römische Ziffern an den Hals und platzieren uns an einem der Tische direkt vor der Bühne, auf der eine Kapelle in ohrenbetäubender Lautstärke folkloristische Weisen vom Ende der Welt spielt. Es gibt bitteren Schnaps, eine Wasserpfeife mit Mate-Essenz, Bauchtanz, halb nackte Frauen und den Geruch nach Ammoniak.

Ein Herr mit Turban und Spazierstock stopft einer Tänzerin ägyptische Pfundnoten zwischen ihre Brüste. Am Nebentisch verspeisen Ölmagnaten ein Zicklein, umgeben von fünfzehnjährigen Mädchen mit schwarz geränderten Augen. Ich versuche, eine davon für Tomás zu interessieren, werde vom Manager des Hauses aber daran gehindert.

„Sie dürfen nicht mit den Damen reden."

„Wozu sind sie dann hier?"

„Um bei den Kunden zu sein."

„Mein Freund hier möchte bei ihnen sein."

„Ja. Aber Sie dürfen nicht mit den Frauen reden."

Als die Stunde der Gebete kommt und sich alle auf Knien gen Madureira verneigen, wollen wir gehen. Der Maître hält uns auf und kassiert und erzählt uns eine Fabel. Dann umarmt er uns kräftig und drückt uns einen feuchten Kuss auf die weißen Wangen.

Als wir die Treppe hinaufgehen und unsere Gesichter mit dem Jackettärmel abwischen, sagt Tomás gewichtig:

„Ich muss jetzt was essen!"

Zuvor allerdings werden wir noch wie Edelleute Paris sehen, auf Siegerpferde wetten, Boxkämpfen beiwohnen, Flipper-Rekorde brechen, in finsteren Höhlen, in denen Greise mit Jugendlichen mit festen Schenkeln und herausstechenden Brustwarzen Foxtrott tanzen, falsche Lebensdramen besprechen, werden Benzedrin mit Kaffee und Kognak herunterspülen und mit übereinandergeschlagenen Beinen die Modenschau auf dem Pflaster vor dem Pantheon verfolgen. Werden von schwarzen arabischen Tirolerinnen, Frauen aller Art, jeden Alters und jeder Größe belagert und bleiben aber unbesiegt, hinreichend unüberwindbar und mit reinem Gewissen!, sparen uns auf für die große Nacht.

Auf unserem Weg brüllt ein Aborigine die neuesten Nachrichten, um von der Straße weg einen Stapel Zeitungen zu verkaufen. Wäre es wenigstens eine sommersprossige Amerikanerin und die Herald Tribune ... Wir halten uns die Ohren zu! Keine Ahnung, wann ich zum letzten Mal eine Zeitung gelesen habe. Doch als ich es das letzte Mal tat, weiß ich noch, dass es mir wie Schuppen von den Augen fiel: Zu erkennen, dass überhaupt nichts passiert. Das größte aller Geheimnisse. Danach konnte ich nie mehr verstehen, warum sie Tageszeitungen lesen, sich über die letzten (Nicht-)Nachrichten unterhalten, über das, was sie „Realität“ nennen oder „Welt“. Für mich macht das alles keinerlei Sinn.

Und wenn doch, dann wäre es trotzdem unendlich sinnlos.

„Das Leben ist wunderbar, Tomás. Ich muss gar nichts tun. Solange ich von anständigen Leuten wie dir umgeben bin, die schöne und nützliche Dinge tun, muss ich mich nicht damit belasten, selbst etwas Brauchbares zu leisten.

„Du brauchst doch nur jemanden, der deine Witze versteht."

„Weil ich sowieso in allem gut wäre, wenn ich nur wollte! Es gibt keine Herausforderungen ..."

Wir nehmen eine der großen Avenidas bis zum Grand Hotel und beschließen, in dem Drehrestaurant auf dem Marmorturm zu Mittag zu essen. Geleitet von einem Rezeptionisten in weißen Handschuhen und goldenem Cape, fahren wir neunundvierzig Stockwerke hinauf.

Nach einem Anflug von Übelkeit, einem kurzen Schwindelgefühl, hält der Aufzug an.

„Gang oder Fenster, meine Herren?"

Aus dem verglasten Saal schauen wir hinunter auf die violett schimmernden Kanäle, die das mittelalterliche Häusermeer durchziehen, Stadthäuser wie Schnecken im Sand, Brücken zwischen Stadtvierteln und kleinen Inseln, das Finanzzentrum und seine Wolkenkratzer, die Kräne auf metallenen Skeletten, die strengen Kuppeln der Kathedralen, die großen Art-déco-Theater und hinter allem, den Hügeln des historischen Zentrums, die Wüste und ihre Ausläufer. Aus der Höhe wirkt die Stadt wie in Stille getaucht.

„Willkommen im Weltraum, Tomás."

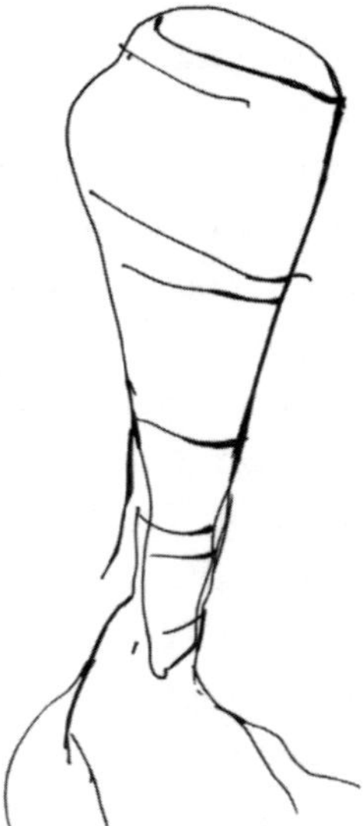

In welcher Tradition stehen Sie, Senhor Cassavas? Ihr Projekt?

„So etwas habe ich nicht!"

„Ich würde schreiben ..." Was für ein Blödsinn. Wir haben genug von Geschichten, die sich nur um sich selbst drehen, von selbstbeweihräuchernden Erzählern in einer Identitätskrise. Diese nicht enden wollende Spiegelflucht ... überkommene metasprachliche Manierismen! Metametasprache, Metametametasprache. Metametametameta ...

„Ist ja gut ... Ich habe verstanden. Wer lacht da?"

Sie sind ein Möchtegernmodernist und liefern uns hier, nur um den Vertrag zu erfüllen, ein dünnes, entfremdetes, zynisches Geschichtchen.

„Ich habe keinen Vertrag unterschrieben!"

Die Welt hat keinen weiteren Bedarf an Sarkasmus von einem, der nicht an die Menschheit glaubt. Diese sinnlose Nabelschauliteratur ist nicht einmal mehr als Avantgarde zu gebrauchen. „Auch wenn sie alle Mängel des Avantgardistischen aufweist."

„Ich sage ja auch immer, dass der Nabel dann wenigstens hübsch sein muss."

Und die soziale Dimension der Kunst, Senhor Cassavas?

„Ich muss aufwachen. Ich muss aufwachen. Ich muss aufwachen."

Es ist völlig aussichtslos, genretypisch auf sich selbst einzuschlagen, Senhor Cassavas.

Apropos: Wissen Sie, was Ihr Name bedeutet, Cassavas?

„Pedro?“

Nein. Cassavas.

„Meine Familie kommt aus dem Tiefland! Von dort unten im Inneren dieses Landes. Genau in der Mitte der Welt, eigentlich, sehen Sie?“

Und was für ein Land soll das sein, Senhor Cassavas?

„…“

Und wissen Sie denn, was Cassavas bedeutet?

„Weiß ich nicht. Warum klären mich die Weisen nicht auf?“

Cassava ist englisch für Maniok, mein Lieber. Sie sind auf Portugiesisch Pedro Mandioca, und ich freue mich, auf diese Weise ein Problem für eine eventuelle englische Übersetzung geschaffen zu haben!

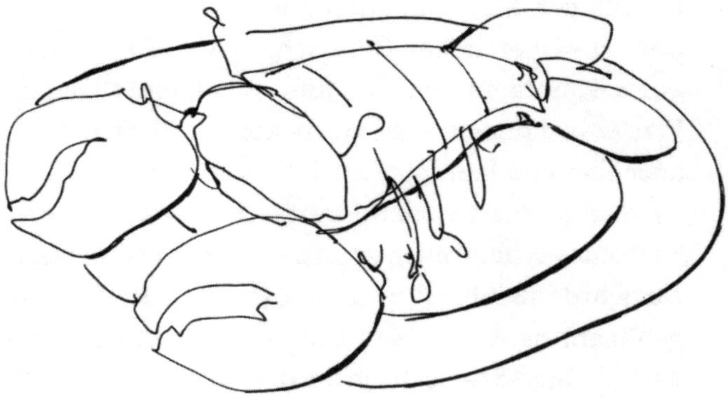

15:29

Am Nebentisch sitzt ein glatzköpfiger Mann und schaut hartnäckig zu uns herüber. Er trägt einen flauschigen Morgenmantel und zerlegt mittels komplizierter metallener Gerätschaften das Innenleben eines Hummers, der vor ihm auf dem Teller liegt. Was er aus dem Tier herausbekommt, verschlingt er anschließend lautstark mithilfe der Hände.

„Ihr da, setzt euch zu mir!"

Tomás schaut mich an, als wollte er etwas fragen. Als würde nicht schon seine extravagante Kleidung genügen, hebt der Mann an seinen winzigen Fingern farbige Steine hoch in die Luft. Um den Hals trägt er eine ganze Sammlung von Ketten.

„Ihr könnt ruhig rüberkommen, ich bin keine Schwuchtel!"

Das ist das Stichwort. Wir wechseln den Tisch.

„Wer seid ihr?" Der Alte spricht mit undefinierbarem Akzent.

„Wir sind Studenten."

„Ihr seht mir zu alt aus und seid zu gut gekleidet, als dass ihr irgendetwas studieren würdet."

„Sie haben recht." Tomás nickt.

„Und doch seht ihr zu jung aus für diese Kleidung. Was wollt ihr hier? Seid ihr Stricher?"

„Auf gar keinen Fall!"

Mein Freund hätte nicht so hastig antworten dürfen. Ich hätte die Geschichte gern weitergetrieben, um zu sehen, wie weit der Alte gehen würde.

„Und Sie, was tun sie? Glücksspielmafia?"

Der Alte erwidert die Provokation mit einem Comic-Lächeln.

„Schön wär's. Ich bin Schriftsteller. Aber ich bin nicht aus eurer Zeit, nein! Ich bin aus anderen Zeiten, als es noch großartig war, ein Buch geschrieben zu haben. Heutzutage ..." Er schnalzt mit der Zunge. „Ich bin Esgar Mxyzptlk. Habt ihr schon einmal von mir gehört?"

Wir kennen den armen Kerl, selbstverständlich. Und der Alte beginnt einen Redeschwall über seine Karriere von vor dreißig Jahren und die Millionen verkaufter Exemplare weltweit. Erzählt von der Einladung, die ihn in diese Stadt geführt hat als Redner auf einem Literaturfestival, was, schon vom Namen her, „ein Widerspruch in sich ist", „ein Spießrutenlauf der Eitelkeiten", „ein Marktplatz des Anscheins", „eine Verkaufsveranstaltung".

„Ich bin so beschäftigt, Schriftsteller zu sein, dass ich zum Schreiben gar keine Zeit mehr habe."

„Schönes Oxymoron, Herr Mxyzptlk!"

„Es wurde bereits in zwölf Sprachen übersetzt."

„Ich wusste gar nicht, dass es zwölf Sprachen gibt." Dann stehle ich ihm ein Stück von dem Krustentier, das auf dem Rücken auf seinem Seziertisch liegt.

„Was möchten die jungen Herren essen? Ich lade Sie ein."

Tomás bestellt ein Filet Milanaise à la française: Paniertes Schnitzel mit Pommes und Erbsen, Zwiebeln und Schinkenstreifen. Was er in jedem Restaurant isst. Mit Blick auf die rechte Spalte der Speisekarte wähle ich zielsicher das teuerste Gericht, das sich später als etwas Ungenießbares mit Kaninchen in Schokoladensoße und Pfeffer herausstellt. Der Alte lässt eiskalten Champagner für alle kommen.

„Bitte entschuldigt, wenn ich zu viel über mich rede. In letzter Zeit habe ich fast nur mit Journalisten oder anderen Schriftstellern zu tun, und mit denen rede ich über nichts anderes. Es ist zur Gewohnheit geworden. Aber ihr seid ja weder Journalisten noch Schriftsteller."

„Aber wir könnten durchaus Journalisten sein oder irgendwas anderes, wären wir nicht zufällig hier oder irgendwo anders."

„Ich verstehe. Also muss ich wohl aus dem Off reden", sagt Mxyzptlk freundlich.

Ich stürze den Champagner hinunter und schenke mir nach.

„Off, würde ein Freund von mir sagen, ist wie den Arsch hinzuhalten. Wenn es geht, lässt man es besser bleiben. Ach, sind wir verachtenswert! Niemand in Ihrer Position sollte zwei Tagedieben wie uns vertrauen."

„Also für mich seid ihr zwei nette Jungs."

Wir reden über Belangloses, Free Jazz, Chaostheorie und literarische Neuerscheinungen, essen, trinken flaschenweise Schaumwein und drehen uns dabei im Kreis.

„Schöne Aussicht, aber die Idee eines kreisenden Restaurants ist empörend. Komplett sinnlos. Warum sollte man an einem Ort essen wollen, der sich die ganze Zeit dreht?"

„Ich glaube, weil man das gute Gefühl bekommt, unterwegs zu sein, ohne am Ende irgendwo anzukommen."

„Ihre Leser werden dem sicher zustimmen."

Mxyzptlk wird schwermütig.

„Ach, die Blindheit der Jugend! So etwas wie ‚meine Leser' gibt es gar nicht. Nur eine gesichtslose Masse, die Bücher kauft, auf denen mein Name steht. Davon liest höchstens ein Zehntel. Die anderen sagen, sie hätten es gelesen, haben es aber nicht einmal bis zur Hälfte geschafft. Heutzutage kauft man ein Buch nur wegen des Umschlags, um es ins Regal zu stellen und damit anzugeben. Ein Fetisch mehr. Die Trottel, die ein Buch schon nach den ersten Seiten weglegen, beneide ich zutiefst!" Der Alte macht eine kleine Pause, um ein Hummerbein zu zerkauen und sich danach die Finger zu lecken. „Sie gehen samstags vermutlich mit ihren Kindern ins Schwimmbad und stehen nicht unter dem Druck, alle zwei Jahre ihren frivolen Größenwahn zwischen zwei Buchdeckel zu pressen. Gesunde Leute."

„Aber das muss doch nicht schlecht sein. Wo wir gerade von Größenwahn sprechen, ich selbst ..."

Zornig unterbricht mich der alte Esgar:

„Dann probiere es doch einfach aus! Nimm dir meine Leser, nimm sie mit nach Hause. Was mich krank macht, ist diese Eitelkeit, erst recht im Licht der Irrelevanz dessen, was wir in dieser halb zerstörten Welt unternehmen!"

Und:

„Es lohnt nicht, ein ganzes Leben mit Worten zu vergeuden. Sprache korrumpiert die Gedanken! Und die Zeit, die man darauf verschwendet zu schreiben, ist Zeit, in der man für nichts und niemanden etwas tut, der wirklich wichtig ist."

„Einspruch. ‚Wenn man lebt, passiert nichts ...'"

„Und das ist der Irrtum einer ganzen Generation dummer Erzähler, junger Mann. Hätte ich in diesem Leben irgendeine Art Macht, sollte es die sein, diese Zerrspiegel zu zerstören. Wir überlassen unser Leben ... dem Kitsch, mein Lieber."

Oder:

„Ein wohl konstruiertes Mobile! Kann hübsch sein, ist aber unnütz. Wozu ist ein Buch nütze?"

„Was ist überhaupt zu etwas nütze?"

„Dieses Essen zum Beispiel. Der Hummer mit Knoblauch. Und der Wein. Aber ihr seid noch sehr jung und versteht noch nicht, was ich meine."

„Gewiss nicht."

„Und hoffentlich versteht ihr es nie!"

Unter dem Einfluss des Alkohols fühle ich mich verpflichtet, dem zerrissenen Herz des armen Mxyzptlk ein wenig Hoffnung zu geben (noch dazu, wo er viel zu früh alle Karten auf den Tisch gelegt hat!) und ihm ohne weitere Umschweife die Geschichte zu erzählen, die Tomás schon so oft gehört hat und die mit einigen Variationen so geht:

Die Geschichte von Françoise

Ich lernte diese Frau namens Françoise kennen, als ich noch ein kleiner Junge von gerade einmal sechs Jahren war. Sie hatte rote Haare und eine weiße Haut voller Sommersprossen. Brüste wie Anita Ekberg, Lippen wie Sophia Loren ... Den Hintern wie Adele Fátima. Sie war die Mutter einer Schulfreundin namens Monique. Ich sah Françoise, die Cello im nationalen Symphonieorchester spielte, zum ersten Mal, als wir eine Gruppenarbeit über das alte Griechenland machen mussten. In der Pause brachte sie uns Maizena-Kekse und Coca Cola ...
Mein Pimmel war sofort in Alarmbereitschaft. Es war Liebe.
„Das also ist eine Frau", dachte ich. Und alles ergab einen Sinn. Fünfzehn Jahre lang besuchte ich Monique und ihre ältere Schwester Felícia mit einiger Regelmäßigkeit. Aber ich hatte nie etwas mit einer von ihnen, die für meinen Geschmack viel zu aufgedreht waren. Der Vater, ein Flugbegleiter, den sie alle nur Comandante nannten, hatte sich schon von der Mutter getrennt, als sie noch Teenager waren. Die Mädchen wurden daraufhin zu zwei wahrhaft zickigen Hühnern. Doch Françoise blühte auf und wurde noch attraktiver. Tatsächlich war ihr Hintern schon immer viel schöner als der ihrer Töchter, die auch nicht schlecht aussahen und einen ganzen Stall voll Verehrer hatten.

Ah, meine Lieben ... Unzählige Male holte ich mir fast ein Jahrzehnt lang einen auf die Möse von Françoise herunter, durch die Monique und Felícia gegangen waren ... erst später fand ich heraus, dass beide durch Kaiserschnitt auf die Welt gekommen waren.
Welch schmerzliche Enttäuschung!
Als ich größer wurde und bereits alle Badezimmerfliesen des Planeten mit meinen Gedanken an Françoise gepflastert hatte – ihr glaubt vielleicht, es sei nur meine Einbildung –, begann die Schöne, nun schon gut in den Fünfzigern, mir besondere Aufmerksamkeit zu schenken. Wir unterhielten uns in der Küche, wenn ihre Töchter ein Fest gaben. Unsere Gespräche drehten sich um argentinische Literatur, die Kirschblüte, jüdischen Humor, die Stadt, in der wir lebten ... Ich dürfte der einzige von Moniques und Felícias Freunden gewesen sein, der in ihren Augen kein kompletter Volltrottel war! Zugleich verstanden meine unterbelichteten Freunde nicht, wie ich Zeit damit vergeuden konnte, mit der Mutter der beiden Zuckerstückchen des Hauses zu plaudern, die mich behandelte, als gehörte ich bereits zur Familie.
Sie wussten ja nicht, dass der einzige Grund, warum ich überhaupt auf diese Feste ging, Françoise war, ihre künstlichen Wimpern, der Fleck auf dem lombardischen Busen in ihrem Dekolleté, ihre festen, löchrigen, beim Übereinanderschlagen der Beine herausquellenden Schenkel.

Das mastroiannische Ereignis, das nun folgt, geschah am Ende einer Geburtstagsfeier von Monique: ihr neunzehnter Geburtstag. Genauso alt war ich damals. Françoise trug einen schwarzen Rock und eine bordeauxfarbene Samtjacke. Wir sprachen nur wenig. Sie wirkte besorgt und zog sich früh zurück.
Gegen fünf Uhr früh waren in der derangierten Szenerie nur noch wenig enthusiastische Pärchen anwesend, Betrunkene und eine pummelige Freundin der Mädchen, die weinte. Später fand ich heraus, dass sie wegen mir weinte.
Ich sage ihren Namen nicht, weil das nur Pech bringt!
In dieser Nacht war ich ein Mann mit seltsamen Überzeugungen. Allein in der Küche öffnete ich den Kühlschrank, aß ein Joghurt und bediente mich von dem, was sich noch in einer Dom Pérignon Flasche befand. Der Gedanke kam mir, als ich die Reste einer Schokolade vom Plastik schleckte. Ich war keineswegs betrunken, sondern im Gegenteil hellwach wie nur selten in meinem Leben.
Ich stieg hinauf in den zweiten Stock. Vor mir sah ich einen leuchtenden Weg. Meine zukünftigen Fußspuren funkelten auf den Stufen. Im Flur auch. Ich brauchte bloß den leuchtenden Spuren am Boden zu folgen.
Im Flur, der voller verblichener Porträts an den Wänden war, ließ der bloße Gedanke an Françoise, die wenige Meter vor meiner Nase im

Nachthemd schlief, meinen Schwanz hart werden. Meine Überzeugung, die bereits groß war, wuchs ins Unermessliche.
Ich klopfte an die Zimmertür von Françoise. Und trat ein.
Aus dem Halbdunkel fragte sie, wer da sei. Ich sagte:
„Ich suche die Toilette."
Ich wusste, dass es ein paar Meter weiter im Flur eine Toilette gab.
„Bist du das, Pedrinho?"
Sie wusste, dass ich wusste, dass es eine Toilette ein paar Meter weiter gab.
„Die Toilette ist da drüben."
Damit deutete sie in den hinteren Teil der Suite. Mit Gänsehaut tastete ich mich durch das Dunkel, lehnte die Zimmertür und die Toilettentür an, pinkelte lange und versuchte, dabei so viel Lärm wie nur möglich zu machen ... Dann löschte ich das Licht und trat an ihr Bett.
„Françoise."
Ich kann das Gespräch nicht mehr genau wiedergeben. Sie sagte, es sei absurd, ihre Töchter dort unten, und so weiter! Als Erstes nahm ich ihre linke Hand, kniete mich neben ihr Bett, die Gesichtsmuskeln angespannt. Ich zeigte Françoise meine zitternden Hände und sagte die Wahrheit: Dass ich seit dem ersten Mal, als ich sie gesehen hatte, an sie denken musste.
Das mit dem tausendmal Wichsen verschwieg ich lieber.

Sie flüsterte „um sieben Uhr an der Ecke" und schickte mich aus dem Zimmer – ihre Töchter könnten jeden Moment hereinkommen.
Die zwei Stunden kamen wir vor wie eine Ewigkeit. Zu Hause duschte ich und onanierte zum letzten Mal in Gedanken an diese Frau, schwor ich mir selbst. Ich wollte Françoise nicht damit enttäuschen, dass ich zu früh kam.
Sie holte mich mit dem Auto ab, und wir fuhren ins Motel La Fourmi in der Avenida Heliópolis. Wir redeten nur wenig, denn es gab nichts mehr zu sagen, und vögelten voller Verzweiflung. Ich spritzte in alle Räume dieser gigantischen Frau, tauchte meinen Körper in ihre Zwischenräume, verschwand darin – man bedenke, ich war noch jung, viel jünger als der junge Mann, der ich heute bin! Niemals empfand ich mich drängender als dort, mit Françoise. Ich hätte nirgendwo sonst sein können und niemand anderes. Dieser Moment war meine Daseinsberechtigung.
Und es war das einzige Mal. Danach sahen wir uns nie wieder – zumindest nicht so. Den Festen hielt sie sich fern. Das letzte Mal sah ich sie auf Moniques Hochzeit in Begleitung eines Herrn in Frack, Koteletten und Pincenez. Wir sprachen kaum miteinander.
Ich bin froh, dass sie einen außergewöhnlichen Namen hat: Françoise.
Denn jedes Mal, wenn ich ihn höre, ist es, als hörte ich den Klang eines Schwindelgefühls.

Mxyzptlk, insgeheim beeindruckt von meiner Geschichte mit Françoise, klopft mir zwei Mal leicht auf die Schulter, holt tief Luft, füllt seine verfaulten Lungen und schleudert mir sardonisch entgegen:

„Wenn du glaubst, junger Mann, dass Frauen Schwindelgefühl sind, dann hast du keine Ahnung von Frauen. Und erst recht nicht von Schwindelgefühlen."

Esgar zahlt die Rechnung mit einer platinfarbenen Karte und lädt uns ein auf sein Zimmer.

„Ich muss euch unbedingt etwas zeigen."

Wir gehen die Treppe ein Stockwerk hinunter und gelangen in die Suite des Alten, am Ende eines monotonen Korridors mit vielen Türen und weißem Licht. Er zieht die Lochkarte durch einen Schlitz am Türknauf, und schon sind wir in dem geräumigen Zimmer, das vom Boden bis unter die Decke verglast ist. Die Stadt unter uns ist ein Gewirr von Strichen und kalter Bewegung.

„Setzt euch bitte. Ich lasse Kaffee, Gebäck, Käsekuchen, Ananaspudding kommen!"

Auf einem Tisch in der Mitte schlummert ein fest gebundenes Heft. Ohne groß nachzudenken, reiße ich die letzte Seite des Tagebuchs heraus und stopfe sie in meine Jacketttasche. Tomás schaut mich missbilligend an. Ich sage, das kann einmal viel wert sein, wenn der Alte stirbt.

„Was jeden Moment passieren kann."

Wir schmiegen unsere in Unterhosen aus marokkanischem Leinen gekleidete Hintern auf das Sofa, und Mxyzptlk öffnet ein Portal, das den Raum in ein

Wohn- und ein Schlafzimmer teilt. Auf dem Himmelbett liegen unter einem halb geöffneten Schleier zwei japanische Frauen und schlafen. Die eine ist blond und die andere dunkel.

Beide sind nackt.

Die eine liegt auf der Seite, die Hände unter dem Kopf gefaltet, die Beine angewinkelt wie ein Embryo. Die Dunklere liegt auf dem Bauch, einer ihrer Schenkel liegt über den Knöcheln der anderen, ihr rechter Arm liegt ausgestreckt über dem Nacken der Freundin.

„Wie Engel", flüstere ich.

„Wie glatt sie sind!", stammelt Tomás.

Ein alter, rotwangiger Page, der Péricles, dem Barbier, ähnelt, bringt schlurfend einen kleinen Tisch mit Kaffee und Süßspeisen herein. Vom Klirren des Geschirrs wird die Dunklere wach, schaut uns drei an und streckt sich gemächlich.

„Guten Morgen."

Sie gähnt und trägt ihre schmale Taille auf strammen Schenkeln ins Badezimmer, sehr sicher in der Festigkeit ihres Körpers. Mxyzptlk gießt uns Kaffee ein.

„Macht euch keine Sorgen. Ihr müsst nichts mit ihnen machen, wenn ihr nicht wollt. Ich selbst kann es nicht."

„Was können Sie nicht?", fragt Tomás.

Der Alte steht auf und zieht in einer raschen Bewegung den Stoffgürtel auf, der den Morgenmantel an seiner Hüfte zusammenhält. Tomás' Tasse zerschellt auf dem Boden, die zweite Frau wird wach.

„Alles in Ordnung?“, fragt sie und reibt sich die Augen.

„Ja, meine Liebe. Ich habe ein paar Freunde da. Du kannst weiterschlafen“, antwortet Esgar Mxyzptlk und zieht seinen Morgenmantel wieder zu. „Ich musste mich dieser Verstümmelung unterziehen wegen eines Karzinoms. Nach der Operation begann ich zu schreiben. Versteht ihr, wie sinnlos? Danach hatte ich nie wieder eine Frau! Ich bediene mich ihrer durchaus, komme aber, wie das Drehrestaurant dieses Hotels, nie wirklich weiter.“

„Und dieser Plastikschlauch?“

„Eine Sonde. Die brauche ich, um auf die Toilette zu gehen.“

Von dort kommen nun die beiden Frauen, umschlungen und nackt, als hätten sie nie ein einziges Kleidungsstück angehabt. Ihre Schultern und Hüften weisen keine Spuren von elastischen Bündchen, Höschen oder Bikinis auf.

„Und wer sind die?“

„Meine Pflegerinnen: Su und Ju. Sie begleiten mich immer auf Reisen.“

Die zwei setzen sich auf den Schoß des Alten und streicheln ihm über den Kopf, würden ihm die Haare kräuseln, wenn er welche hätte. Da er keine hat, fahren die beiden ihm mit den Fingern über die fleckige Glatze, tätscheln mit ihren Händen seine Altersflecke. Versuchen dabei, uns anzuschauen. Ihr Blick ist unschuldig: Sie sind fast noch Kinder. Tomás verspürt ein Ziehen in der Prostata.

„Lass uns gehen, Pedro.“

Bevor wir durch die Tür verschwinden, schaue ich noch einmal auf das Sofa, wo der kleine Mxyzptlk mit den zwei weißen Schaufensterpuppen auf dem Schoß sitzt. Als Tomás auf den Aufzugknopf drückt, wird der Alte noch sagen:

„Das ganze Leben noch vor sich ... und schon so dumm!"

Als wir zurück auf die Straße gespien werden, beginnt die Sonne gerade, ihren Zenith zu überschreiten, und die Stadt zittert gleichmütig der Siesta entgegen, die immer weniger von den Geschäften und der lokalen Verwaltung geachtet wird. Wir gehen über eine Plattform aus Metall, die von bronzenen Heiligen und knienden Bettlern mit ausgestreckten Handflächen gesprenkelt ist – eineinhalb Bettler auf jeden Heiligen, konstatiere ich nach raschem Überschlagen die quantitative Niederlage der Heiligen Glaubenslehre. Tomás wirft einem von ihnen eine Münze zu: Die Geschichte des Alten hat ein diffuses Schuldgefühl zwischen seinen Ohren hinterlassen.

Wir halten an, um uns an einem Brunnen in der Form von Penelope zu erfrischen, der kaltes Wasser aus Seifensteinbrüsten rinnt. Frauen gehen an uns vorüber, schwitzen Happen und Brocken von Fleisch unter Stringtangas und kürzesten Miniröcken, rote Haare kleben in ihren Nacken, und schauen auf uns gut gekleidete Burschen, die entschlossen auf spitzen Italienern balancieren. Doch nach der Nacktheit der Mädchen des alten Mxyzptlk kommen uns die Mädchen auf der Straße nur noch fade vor. Bevor ich Tomás Anselmo erklären kann, was soeben mit uns geschehen ist, klingelt gerade noch rechtzeitig mein Telefon:

„Ich komme. Tomás auch. OK. Küsschen."

„Wer war das?"

„Die süße Maria. Sie ist mit einer Freundin hier ganz in der Nähe."

„Wer ist die Freundin?"

„Sie heißt Verônica", und bevor Tomás weiter fragen kann: „Ich kenne sie nicht, und mehr weiß ich auch nicht."

Während wir uns auf die nächste Bar zubewegen, ein Loch namens Diwan der Welt, denkt Tomás an die süße Maria. Nicht auf meine schweinische Art, sondern wie ein Seemann unterwegs im Pazifik, der in den Tiefen seines Rucksacks das verblichene Foto einer Cabaret-Tänzerin mit sich herumträgt, mit der er ein einziges Mal getanzt hat.

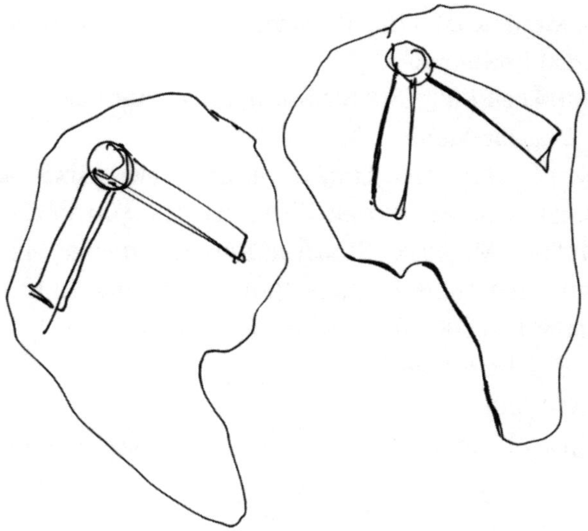

Ein berühmter Mann wie Mxyzptlk würde niemals zwei Dahergelaufene an seinen Tisch bitten ... sehr unwahrscheinlich! Die Ausschweifungen über den Literaturbetrieb haben mir auch nicht gefallen. Das ist doch alles nur Geschwätz. Es langweilt unglaublich, so etwas schon wieder zu lesen, Senhor Maniok! Maniok! Maniok!

„Maniok ist eine Pflanze, nicht wahr? Wo liegt das Problem?“

Ich hätte Lust, Sie zu Mehl zu zerreiben.

„Was ist Mehl?“

Ein Pulver, das man erhält, wenn man bestimmte Samen oder Wurzeln zermahlt, zum Beispiel Maniok, Senhor Pedro. Dieses Mehl dient zum Beispiel als Beilage zu Bohnen, einem typischen Gericht in Ihrem Land.

„Welchem Land?“

Brasilien!

„Das Land, wo die Gummilatschen herkommen?“

17:35

Maria und Verônica starren auf zwei Gläser Dry Martini, die auf einer alten Holztheke stehen. An der Wand hängt ein riesiger Spiegel, doch die Gesichter der beiden treffen ihr Spiegelbild nicht: In den Regalen vor ihnen steht eine Unmenge an Flaschen, und darunter ist eine Vitrine mit toten Zicklein, Ananas, Bananen und Olivenöldosen.

In einer Ecke des Regals, zwischen Weinrautenzweigen und eingestaubten Porzellanheiligen, fällt ein Kompottglas ins Auge, in dem unter einer Glasglocke des Schweigens und in Formalin ein Fötus schwebt. Auf der Rundung des Glases klebt außen ein Leukoplast-Streifen, darauf steht ein Wort.

Tomás geht näher heran und entziffert das Wort: „GOTT".

„Geschmacklos, findest du nicht?"

Verônica, Tennis Girl im Country Club, Modern-Dance-Tänzerin, Yoga-Schülerin mit künstlerischen Ambitionen, fotogenitalen Neigungen und Wirtshausexistenzialismus in der für fünftausend Pfund Sterling geschwellten Brust, trägt eine gestreifte, am Rücken zu einer langen Schleife zusammengebundene Bluse, schwarze Stiefel, die ihre schlanken Waden hinaufsteigen bis hoch zum Knie. Der Nacken ist unbedeckt, ein gepunkteter Rock, die Ansätze ihrer schwarzen Haare sind zu erkennen. Nachdem sie mit Tomás geredet hat, dreht sie sich um, hebt ihre Sonnenbrille an und entzieht mir mit einem einzigen Blick ihrer auf mich gerichteten grünen Augen den Boden unter den Füßen.

„Hallo, Schatz!" Die süße Maria kommt auf mein Zittern zu.

„Liebling", wir küssen uns protokollarisch.

Tomás und Verônica schauen sich verlegen an, begrüßen einander mit einem kurzen Kopfnicken. Die süße Maria holt einen schweren Fotoapparat aus ihrer Tasche und macht ein gelbliches Foto von uns dreien. Sie trägt ein rotes Kleid und an den Knöcheln zusammengebundene Ballerinas. Sie ist eine von diesen Rothaarigen, die gern in Löffelchenhaltung schlafen, mit ausdrucksstarken Fußzehen, ein wenig größer als ihre Freundin – und tugendhafter als wir alle zusammen.

Anselmo kann seine jugendlichen Gefühle nur mühsam hinter einem glühenden Gesicht und seltsamen Reaktionen verbergen wie der, sie zunächst nicht zu erkennen in einem Bild von so vielen und keiner. „Ist das wirklich die süße Maria?" oder „Sie ist so anders, als ich sie in Erinnerung habe – als ich sie mir vorgestellt hatte!" Der verliebte Trottel wird mit seinen metaphysisch verschleierten Augen niemals das Bild seines Objekts der Begierde erfassen: Sie, wer auch immer das sein mag, wird immer eine andere sein! Und was Tomás niemals im Schatten seiner kurzen Existenz stochernd herausfinden wird, ist, dass beide nie und zu keiner Zeit existieren.

„Darf man erfahren, warum ihr so elegant seid?“, fragt die süße Maria, und Tomás prescht vor.

„Wir waren essen, im ...“, doch bevor er seinen Satz zu Ende bringen kann, falle ich ihm ins Wort:

„Hier in der Nähe. Und wieso bist du so früh von der Arbeit gekommen?“

„Ich bin gegangen, um mit meiner Freundin Mittag zu essen. Sie macht ein Projekt in der Agentur.“

Verflucht sei die Zeit, denkt Tomás Anselmo, in der alle etwas in „Agenturen“ zu tun haben. Ständig „produzieren“ sie irgendein „Projekt“.

„Verônica. Und anschließend sind wir was trinken gegangen.“

„Martini.“

„Genau. Und was trinkt ihr?“

Tomás spürt, dass er weitermachen muss, selbst auf die Gefahr des kompletten physischen und moralischen Verfalls hin, und bestellt ein Glas Milch mit Cognac.

„Tomás, was ist los? Um drei Uhr nachmittags Milch?“

Es dürfte das erste Mal seit vielen Jahren gewesen sein, dass Maria Tomás beim Namen genannt hat. Jedenfalls kommt es ihm so vor, als er sich zu einer männlichen Antwort entschließt:

„Einer muss es ja tun!“

Die Mädchen trinken einen Schluck und stellen ihre Gläser zurück. Verônica führt die Olive mit dem Zahnstocher zum Mund, wo sie zwischen ihren Zähnen zerplatzt. Es entsteht eine beklemmende Stille: Windstöße traktieren den Stein finsterer Canyons, säuseln in nächtlichen Abgründen. Wir sind ein aus dem Gleichgewicht geratenes System, ein Rechteck, die Knie an der zerklüfteten Bar, nur einen halben Schritt von der Vernichtung entfernt.

Vorher jedoch ein banales Tête-à-tête:

„Und was machst du so, Verônica?"

„Ich hänge in zwielichtigen Bars rum und treffe mich tagsüber mit Fremden."

„Dann haben wir denselben Beruf! Wie sieht es bei dir aus mit Urlaub und dreizehntem Monatsgehalt, oder wirst du von deinem Arbeitgeber genauso ausgebeutet wie ich?"

„Ich studiere Film. Sollte ich zumindest. Ich versuche schon seit zehn Jahren, einen Abschluss zu machen."

„Die Einzige, die hier ein Diplom hat und wirklich arbeitet, ist die süße Maria. An diesem Tisch, nein, in der ganzen Bar. Wahrscheinlich im ganzen Viertel. Sie ist überhaupt die einzige Person, die ich kenne, die in dieser monströsen Stadt arbeitet! Alle anderen sind Künstler in Anführungszeichen oder Rentenpensionäre; die einen lassen sich von den anderen aushalten. So ist es doch, Liebling?"

„Einer muss es ja tun!"

„Und hast du schon einmal etwas gemacht, Verônica?", mischt sich Tomás ein.

„Wie? Ich bin erst heute früh aus dem Haus und ..."

„Ich meinte einen Film."

„Einen Kurzfilm, einmal. Das Material habe ich geschenkt bekommen und die Kamera war ausgeliehen."

„Kann man ihn sehen?"

„Ja, aber erst müssen wir einen Vorführraum haben. Ich habe ja nur die Filmrolle. Sie liegt oben auf meinem Schrank und staubt ein. Man dreht Filme und niemand schaut sie an ..." Sie schnalzt leicht mit der Zunge.

„Und über was?"

„Ein existenzialistischer Thriller über eine Frau, die alle Männer entführt, mit denen sie je etwas hatte ...", leiert Verônica stolz und aufdringlich ihren auswendig gelernten Text herunter. „Sie schließt alle in einer Todeskugel im Zirkus ein, ohnmächtig und nackt! Eine einzige Einstellung: Das Standbild einer Überwachungskamera filmt die sechs Männer, die schließlich wahnsinnig werden."

„Und wie war es so, mit nackten Männern zu arbeiten?" Die egomanischste Idee, die ich je aus dem Mund einer Frau gehört habe.

„Kompliziert, weil die meisten von ihnen in der Kälte ganz klein wurden."

„Schlimmer geht es nicht."

„Noch dazu waren nur Frauen im Team."

„Bei Zarathustra! Die Schauspieler sollten heiliggesprochen werden."

Eine Seifenblase der Beklemmung löst sich auf, als wir schließlich alle über irgendetwas lachen: Auseinanderbrechende Eisberge am Nordpol, in einem Anfall von Hedonismus wild fickende Pinguine. Und nicht nur das: Während sich eine Schildkröte in der mongolischen Wüste in die Erde gräbt, in Antwerpen sommersprossige Jungfrauen vor dem heiligen Vater ihre Höschen herunterlassen, ein junger Mann in der Lissabonner Drahtseilbahn seiner Geliebten Girlanden an den Kopf wirft, verliebte Terroristen sich in syrischen Klippen verstecken und in einem Bunker in China der neue Christus zur Welt kommt, hält einige Meter unter den Hockern, auf denen wir uns im Diwan der Welt eingerichtet haben, ein Alte-Jungfern-Beglücker in der Metro-Station die heruntergefallene Tasche einer Kirchgängerin in den Händen. Und wir leben unser komplexes und kindisches System weiter ohne Glauben und ohne die geringste Ahnung von Exponentialfaktoren, stochastischen Variablen et cetera.

„Die Todeskugel des Mädchens erinnert mich an die Liebeslaube ... Du weißt schon, Tomás."

„Nächstes Thema, Cassavas!"

„Das will ich jetzt aber genau wissen! Wie war das?", fragen die Mädchen mit leuchtenden Augen.

Die Szene wiederholt sich in Variationen einige Minuten lang, während wir beim Barmann, einem Perversen in Hüfthosen, Cocktails bestellen. Dann überfluten Musiker mit schwarzen Koffern die kleine Bühne neben der Theke. Hinter einem halb geöffneten roten Samtvorhang und unter dem bräunlichen Licht eines Kandelabers macht ein Sänger namens Luis Firehair Soundcheck für die Soirée, begleitet von einem Jazztrio und Performance-Sängerinnen, burlesken Stripperinnen mit den Namen

Juliette Delville, Louise Dragon und Pantera Sauvage. Ich muss brüllen, um mich verständlich zu machen, während die Gruppe an den Lautstärkereglern ihrer Instrumente dreht und eine ohrenbetäubende Version von „Puttin' on the Ritz" intoniert.

„Mein lieber Freund hier hat sich in der Pubertät vor dem Einschlafen immer eine Liebeslaube vorgestellt. Einen Bus, den er selbst gesteuert hat, und darin saßen Nachbarinnen, Cousinen, Klassenkameradinnen, Mütter von Freunden ..."

„Sogar deine, Pedro! Mademoiselle Cassavas, ein Bild von einer Witwe, die es drauf hatte."

„Saßen da immer dieselben im Bus?" Die Augen der süßen Maria pulsieren in unschuldig wirkendem Glanz.

„Nein. Es gab ein Rotationssystem! Es gingen ja nur zehn Leute in den Bus, und ich war sehr streng, was Überbelegung anging", antwortet Tomás, trés charmant, mit einem Milchbart über der Lippe und in der tiefen Überzeugung von der Unsinnigkeit solcher und aller anderen Gespräche auch.

„Bitte entschuldigt mich, das Gespräch hat mich auf den Gedanken gebracht, meine Attribute dort hinten auf der Toilette zu überprüfen."

„Und wieder dreht die Liebeslaube ihre Runden!", sage ich unter den starren Blicken von Verônica, woraufhin la dolce Maria, Tomás' Impuls folgend, ebenfalls ihren Hocker nach hinten schiebt:

„Ich muss auch."

Hinten in der Bar gibt es diese Wendeltreppe hinunter in einen unterirdischen Vorraum, dessen

Wände bedeckt sind von anonymen Krakeleien und Theaterplakaten, dann führt eine Doppeltür aus Holz zu den Toiletten. Tomás und Maria öffnen und schließen die Tür zu ihren jeweiligen Kabinen. Die tiefen Kontrabasstöne der Gruppe von Firehair sind jetzt nur noch ein fernes Murmeln, das durch die Decke vibriert. Durch die Trennwand hört Tomás Marias Strahl in der Toilettenschüssel. Er beeilt sich. Er will, dass sie gleichzeitig pinkeln. Das Bild von Maria, die ihr Höschen herunterzieht, ihre kräftigen Knie beugt und sich auf die Schüssel hockt, erfüllt Tomás mit Zärtlichkeit, und er entleert seine Blase in spiralförmigen Zeichnungen auf das Wasser.

Bevor er fertig ist, hört er die Tür schlagen.

„Tomás", ein Flüstern.

„Was ist?"

„Ich bin es, mach auf!"

Tomás zieht seinen Reißverschluss hoch, ohne sich abzuwischen, und öffnet die Tür. Die süße Maria hält den Zeigefinger senkrecht über die Lippen, er soll still sein, schlüpft in die kleine Toilettenkabine und verriegelt die Tür. Es ist eng in der Dunkelheit, nur ein winziger Lichtstrahl dringt durch den Türspalt am Boden. Maria sucht den Mund meines Freundes, seine reaktionslose Zunge, seine fleischigen Lippen. Dann setzt sie sich auf den Toilettendeckel, lässt ihre Finger über den soeben zugezogenen Reißverschluss gleiten und trifft auf einen noch immer von Urin bitteren Tomás, dessen Finger sich im Haar meiner Dame verlieren, und schließlich spritzt er der süßen Maria tief in den Rachen.

Sie leckt Tomás mit der Zungenspitze ab und verstaut ihn zurück in die Hose. Steht auf, hebt ihr Kleid wie ein Kind, und nun kniet Tomás, sein Gesicht gegen Marias depilierte Geheimnisse gepresst. „Sich vorzustellen, dass sie alle so etwas haben!", denkt er mit geschlossenen Augen und einer brüderlichen Umarmung, als fiele ihm erst jetzt plötzlich auf, dass er sein Leben lang und von allen, die er kennt, hintergangen wurde.

Nach einigen nicht gesprochenen Worten entriegelt Maria die Tür, spült sich den Mund mit kaltem Wasser aus, betrachtet sich im Spiegel, streicht sich mit dem kleinen Finger etwas aus den Augenwinkeln und geht wortlos als Erste hinaus. Tomás putzt sich mit Toilettenpapier ab und schließt wieder die Hose. Als er hochkommt, sieht er, wie Maria mich bitter küsst und Verônica den Rest ihres Drinks mit etwas hochmütiger Miene zum Mund führt. Die Bar kommt ihm nun voller vor, obwohl sie leer ist wie zuvor.

Die Kapelle von Monsieur Firehair schleudert einen letzten Akkord über unsere Ohren und verlässt dann unter dem Flüstern und Gurren der Tänzerinnen in ihren Badeanzügen und mit wippenden Gänsefedern am Hintern die Bühne, bis hinaus auf die Straße.

„Ich muss dann wohl mal zurück an die Arbeit", sagt die süße Maria und löst ihre Lippen und Zähne von mir.

„Verônica, wenn du willst, bleib doch noch bei ihnen. Du musst ja nicht pünktlich sein."

„Ich muss mich beeilen, ich habe um sieben ein Interview."

Sie haben immer ein Interview.

Ich verabschiede mich von der süßen Maria, sie küsst Tomás auf die Stirn, ihre Freundin auf die Wange und überlässt uns, eingeschlossen in die uns umgebende Hülle ihrer Freundlichkeit, der ewigen Einsamkeit.

„Du kennst Maria noch nicht so lange, oder?"

„Ich habe sie gestern erst kennengelernt. In der Agentur ..."

Verônica verhält sich schubweise, so als wäre sie eigentlich völlig woanders, mit etwas sehr Wichtigem beschäftigt und käme nur hin und wieder kurz zurück, um auf die eine oder andere Frage zu antworten.

„Also bist du gar nicht so vertraut mit ihr."

„Aber sie scheint mir in Ordnung zu sein."

„Ist sie. Trotzdem ist bald Schluss."

„Und warum?"

„Wenn zwei Leute sich kennenlernen, beginnen sie gleich darauf, sich zu dekonstruieren. Und wir haben uns schon viel zu weit dekonstruiert. Ich bin zu einem Abklatsch dessen geworden, der ich mal war, und sie auch. Vielleicht ist nun Zeit, sich mit der Zerstörung anderer Leute zu befassen."

Ich bin ein sarkastischer Witzbold und bereue die Worte, kaum dass sie meinen Mund verlassen haben:

„Ich brauche eine Frau, die mich sexuell fertigmacht!"

Tomás ruft „Kellner!“, beschließt die Milch-mit-Cognac-Phase zu beenden und bestellt eine Runde Bier mit Fernet.

Verônica plappert:

„So geht mein Tag ja noch schneller zu Ende ...“

Oder:

„Ihr wollt mich doch nur vom Pfad der Tugend abbringen!“

Und:

„Ihr trinkt, als gäbe es kein Morgen!“

Worauf Tomás aus seiner Verstummung erwacht, den Fernet herunterkippt und entgegnet:

„Und wozu sollte ein Morgen sonst auch gut sein, Verônica?“

Das ist doch alles arg krude, Mandioca. Was soll das? Worum geht es? Ich sehe nichts als eine Abfolge komplett sinnfreier Episoden! Wie viele Bäume mussten dafür sterben, das zu veröffentlichen? Eine ökologische Katastrophe, ganz ohne Zweifel! Und Sie sind ein staunender, dummer Brasilianer. Ein Volltrottel! „Puttin' on the Ritz"!? Warum denn nicht gleich ein „Chorinho"? Ein „Lundu" zu Ehren Ihrer afrikanischen Wurzeln?

„Aber ich kenne Afrika doch gar nicht. Und Brasilien schon überhaupt nicht ..."

Sie sind dort geboren. Also hier.

„Ich muss versuchen, mich an das Gesicht des Algeriers zu erinnern, der mir gestern dieses Zeug verkauft hat. Das ist die seltsamste Halluzination, die ich je hatte!"

Und Brasilianer trinken Cachaça und keinen Martini oder Fernet. Allenfalls Steinhäger!

„Sie halten mich für jemanden, der ich nicht bin. Aber Sie können beruhigt sein, bereits bald werde ich nicht mehr auf dieser Schaukel sitzen, werde aufwachen und wieder an meinem Platz in der Welt sein."

Bei Tomás Anselmo, den Sie ja unbedingt bereits am Anfang der Geschichte taufen und einkleiden mussten? Und was soll das mit den Kleidern? Sehen Sie nicht, wie albern und abwegig das ist, diese Obsession für Äusserlichkeiten, Geschwätz und Getränke?

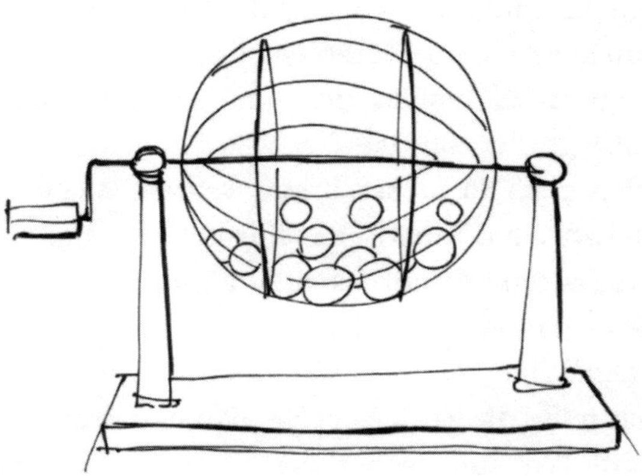

19:01

Wir gehen untergehakt, das Adagio des 5. Konzerts für Klavier und Orchester von Beethoven trällernd, die Straße hinunter. Die Melodie wird getragen von einem betrunkenen Tomás, der sich nur mühsam auf meine Schulter stützt. Die fünf Tentakel meiner rechten Hand krallen sich um Verônicas schlanke Hüfte.

„Verônica, du musst Tomás verzeihen. Er ist ein Ästhet, der auf klassische Musik steht und glaubt, damit Frauen beeindrucken zu können."

„Was ihm gelungen ist."

„Taxi!"

Ich reiße die Tür des gelben Wagens auf und rufe „Bingo". Wir steigen auf der anderen Seite wieder aus und sind da: ein Haus, das die Bezeichnung Palast und eine Louis-XV-Fassade trägt, nur wenige Straßen vom Diwan der Welt entfernt. Wir treten durch eine verdunkelte Glastür und unter den Blicken Schlips tragender Wachleute ein und tauchen in einen Eintopf aus bläulichen Lichtern, amazonischen Geldspielautomaten, konvexen Spiegeln und elektronischem Klingeln. Die automatischen Türen eines reservierten Bereichs öffnen sich: Wir gehen durch ein verrauchtes Aquarium, an den Wänden riesige Bildschirme, auf denen von einer sanften

Frauenstimme diktierte Gewinnzahlen flackern. Wir sind die Einzigen unter siebzig Jahren oder mit weniger als neunzig Kilo im ganzen Saal und besetzen den letzten noch freien Tisch.

„Wie in einem schlechten Film." Verônica hebt ihre schmalen Brauen und lässt ihr Periskop durch den Raum kreisen.

Wir kaufen Coupons und lassen unsere Reflexe einlullen vom eintönigen Klang der Zahlen, bis sie irgendwann auf dem Stand eines hirngeschädigten Otters sind. Ich teile mir einen Coupon mit Verônica, die schwungvoll

27,

18,

28,

40,

98,

02,

82,

91,

21,

55,

31,

87,

34,

09,

65

einkreist. Tomás Anselmo ruft „Reihe!“ und ich erwache wie aus einem Traum.

Ein fast unhörbares Murmeln der Enttäuschung hebt an. Alle Blicke richten sich auf uns – wie lauernde Tiere. Einem metallenen Schützengraben entsteigen zwei Mädchen in braunen Röcken und mit zurückgegelten Haaren, kommen an unseren Tisch und überprüfen die Nummern auf dem Coupon von Tomás.

„Sie irren sich. Die letzte Kugel war 68, nicht 86.“

„Scheiße!“ Tomás knallt mit dem Kopf auf den Tisch.

Die Lautsprecherstimme sagt roboterhaft, nasal und in am Satzende abbrechendem Frageton:

„Reihe nichzutreffnd. Gehtweidah.“

Und alle schauen wieder nach unten, um herabregnende Algorithmen abzugleichen. Nach der falsch ausgerufenen Reihe bringen sich an unserem Tisch zwei ausgestopfte Sicherheitsleute mit verschränkten Armen und auf uns gerichteten leeren Augen in Position.

„Stell dir vor, es gäbe ein Video mit deinem Leben“, steige ich ein in die Sophistik des Bingo. Die Sahneschnitte konzentriert sich auf ihre Zahlen, macht sich mit schwarzem Kuli über die Gezogenen her und beißt währenddessen graziös in einer Abfolge spontan einstudierter Bewegungen abwechselnd auf ihre Lippen und in den schwarzen Kuli.

„Der Gedanke ist mir auch schon gekommen ...!“

„Natürlich ist er das, Schätzchen. Gäbe es so einen Film, wäre, sobald du etwas nicht tätest, zum

Beispiel nicht hier beim Bingo zu sein, sofort eine ganze Sequenz ruiniert.

„Eine Einstellung."

„Richtig, Verônica!"

„Allerdings würde die Szene sofort ersetzt werden durch eine andere. Wie ich draußen am Flussufer Schopenhauer lese, unter einer Eisenbrücke Haschisch rauche oder vor den Tauben im Park davonlaufe (ich habe tierische Angst vor Tauben, weißt du?), oder ..."

„Si, è vero, Verônica. Aber das wäre unvergänglich. Merkst du den Unterschied?"

„Zu was?"

„Zwischen aufgezeichnet zu werden und nicht aufgezeichnet zu werden. Wir leben, ohne dass etwas bleibt! Verônica, wir haben nicht einmal die Illusion von Beständigkeit", sage ich gewichtig und im Verkündigungston, während Schwaden von Indifferenz den Poren ihrer Wangen entweichen. „Ein Videoband gäbe uns Sicherheit, dass wir existieren! Ich und du unter den weißen Lichtern des Bingo und dem Klang der über uns hereinstürzenden Zahlen, ich, wie ich mich dir nähere, während Tomás halb betäubt auf dem schmierigen Tisch liegt, ich mit deinem Bingocoupon spiele, dich vielleicht davon abhalte, Nummern anzustreichen, dir andere ins Ohr flüstere, um dich zu verwirren, oder dir routiniert mit der Hand über den Nacken streiche, unter dem Tisch deine Schuhe mit meinen berühre oder dich, nach einem abrupten Schnitt, auf deine reglosen Lippen küsse ..."

„Das würde ich, glaube ich, nicht wollen, Pedro."

Ein Herr mit einer Infusion am Arm nimmt alle Kräfte zusammen und ruft heiser „Bingo!", diesmal stimmt es. Nach kurzem Gemurmel ist wieder Ruhe, und alles geht von vorne los, mit neuen Coupons und mit neuer Hoffnung.

„Was würdest du nicht wollen?"

„Was, wenn wir das Video nicht löschen könnten? Oder nicht wollten? Oder Zweifel hätten?"

„Natürlich. Man könnte das Video nicht löschen! Je öfter du es versuchen würdest, desto mehr würde es überallhin projiziert werden, wie die Kugeln auf den Großbildschirmen beim Bingo."

„Das wäre ein Albtraum. Also, ich mache jetzt hier eine Reihe."

„Wirst du nicht!"

„Du bist vollkommen verrückt, Junge. Ich kenne dich doch kaum."

Als sie „Junge" sagte, plusterte ich mich hoffnungsvoll auf.

Und schaltete das Video ein.

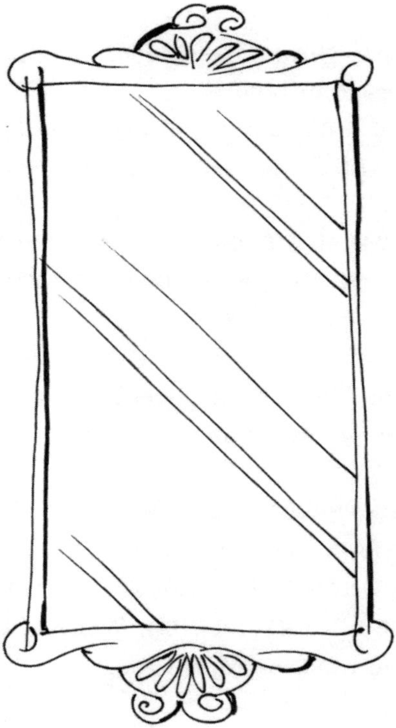

„Woher kennen Sie Tomás?“

WIR WISSEN ALLES, WAS SIE UNS WISSEN LASSEN.

„Weiß Tomás, dass ich hier bin? Weiß es Maria?“

NIEMAND WEISS ES. DIE LESEN DIESE GESCHICHTE NICHT SO WIE WIR. SIE HABEN KEINE „AUFZEICHNUNG“.

„Ich hätte gern, dass sie hier wären. Es kommt mir alles so fern vor!“

ZIEHEN SIE IHRE KLEIDUNG AUS, SCHAUEN SIE SICH AN, BERÜHREN SIE SICH. ICH WILL SIE NACKT SEHEN.

„Wieso?“

ICH STELLE HIER DIE FRAGEN. ALSO GEHORCHEN SIE, ODER ICH VERSCHWINDE, UND DIE KETTEN ... ICH HABE SIE IM BLICK, JA?

„(...)“

„Na, sind Sie jetzt zufrieden? Es ist das Demütigendste, das ich in meinem ganzen Leben getan habe.“

ICH BIN SO PERVERS WIE SIE SELBST. ES GEHÖREN IMMER ZWEI ZU DEM SPIEL. REDEN SIE JETZT ÜBER MICH. ICH WILL MICH BESSER KENNENLERNEN. ABER SIE MÜSSEN NICHT WEINEN. WEINEN SIE NICHT, MANDIOCA! KLEINER MANIOK ...

20:21

„Mein Interview. Ich muss los!"

Wir lassen Getränke und die verkritzelten Bingocoupons auf dem Tisch zurück und stürmen aus dem Marmorpalast. Verônica zieht Tomás, dem die Exzesse des sinnlosen Nachmittags bereits deutlich zusetzen, am Arm.

„Dom Pedro, ich muss dir was sagen", sagt er torkelnd und ist kurz davor, zu weinen oder zu kotzen.

„Behalte es lieber für dich!"

Im Taxi, das ein musikbesessener Koreaner steuert, der in voller Lautstärke den Soundtrack von Miles Davis aus „Fahrstuhl zum Schafott" hört, weint Tomás Anselmo schließlich an meiner Schulter. Ich streichle ihm übers Haar. Verônicas Hand auf meinem Oberschenkel löst bei mir fast eine Erektion aus. Die schwarz-weißen Trompetenkaskaden umspielen unsere Sinne.

Die Stadt ist durch die Scheiben gesehen eine Ansammlung farbiger Striche: Der rötliche Sonnenuntergang hat etwas von Ankündigung, riecht nach offenen Boulevards und Mädchen in Cafés, die Romane lesen und Vermouth trinken. Wir fahren über die Hügel der Altstadt, deren Lichter sich langsam entzünden, und durchqueren eines der sieben Tore, überfahren dabei (nicht so schlimm) eine Familie von Bettlern. Wir erreichen den Lido-Strand mit seinen Grünflächen, von Gärten umgebenen Villen, Theatern und dekadenten Hotels. Hier ist Verônicas Bewerbungsgespräch.

„Kein Bewerbungsgespräch, du Säufer. Ich führe ein Interview mit einer Schauspielerin. Ich schreibe an einem Buch über Schauspielerinnen. Und sie ist die ..."

„Ich weiß nicht, ob es dann gut ist, wenn Tomás und ich dabei sind. In diesem Zustand."

„Ihr seid zu nichts zu gebrauchen, aber ihr seid gut gekleidet. Die Alte ist eine Exzentrikerin, es wird ihr gefallen."

„Du bist wahrscheinlich verrückt."

Sie ist es.

Am Eingang zu dem, wie Verônica es nennt, „hübschen Jugendstilhäuschen" müssen wir uns vor dem Wachmann ausweisen, unsere Fingerabdrücke abgeben und erhalten dann die Genehmigung und Namensschilder, die uns berechtigen, hinaufzugehen. Wir betreten den Aufzug, ein kompaktes Labyrinth mit verspiegelten Wänden.

„Was schaust du mich so an? Sag jetzt bloß nicht, du findest mich schön ..."

Beide Hände anatomisch korrekt auf den diskreten und unbesiegbaren, sich ins Unendliche spiegelnden Brüsten von Verônica, wünsche ich ihr mit einem tiefen Kuss Glück: Der Übergriff nimmt seinen Lauf, die Spiegel beschlagen.

„Jetzt weiß ich, woher ich dich kannte, als wir uns vorhin begegnet sind."

„Woher?“

„Aus der Zukunft.“

Bevor ich Verônica meine Fluchtpläne in dem vom Morgen aufsteigenden Nebel darlegen kann, öffnet jemand die Aufzugtür.

„Wie ich sehe, haben Sie Freunde mitgebracht.“

Ich könnte die Dame, die uns freundlich die Tür aufhält, als Inhaberin eines silbergrauen Bürstenhaarschnitts beschreiben und sagen, sie trage an ihrem noch schlanken Körper ein schwarzes Kleid mit besticktem Ausschnitt und einer russischen Brosche an der Brust, lange Ohrringe und Armreifen am faltigen Handgelenk, rieche nach Talkum und starre uns mit glasigen Augen an, all diese sinnlosen Attribute aus Romanen, deren Autor versucht, jemanden zu beschreiben. Stattdessen sage ich, dass die Alte aussieht wie ein Modigliani-Porträt.

„Dem hier geht es nicht sehr gut, Dona Giulietta“, sagt Verônica und deutet auf Tomás, der sich gleich nach dem Eintreten in den Raum voller Nippes, bemalten Vasen und Stillleben in ein weißes Ledersofa fallen lässt.

„Ich werde Johann, den Diener und Zuchtmeister, bitten, sich um ihn zu kümmern.“

Von links tritt nun im Licht der Scheinwerfer ein bärtiger Herr ein, er trägt gestreifte Bermudas, einen Kinnbart und lorbeergefärbte Haare und führt den schwankenden Tomás in einen verborgenen Teil des Hauses. Der Weg für Besucher ist auf dem Boden mit durch Klebeband befestigter Plastikfolie markiert.

„Bitte treten Sie nicht neben das Plastik", sagt Johann, der Diener und Zuchtmeister, bevor er im Dunkel der Wohnung verschwindet.

Die Alte setzt sich auf ein Sofa und bittet Verônica, neben ihr Platz zu nehmen. Ich werfe mich in einen Sessel. Wir trinken Pfefferminztee, der mich den Alkohol vom Nachmittag ausschwitzen lässt.

Verônica schaltet ihr Aufnahmegerät ein.

„Was willst du von mir, Mädchen? Ich habe alles, was zu sagen ist, schon in meinem Buch gesagt: Giulietta auf der Brücke."

Wie Johnny du Fleuve glaube ich, dass zwei Dinge auf der Welt wirklich ermüdend sind: „einem berühmten Tenor zuzuhören und das Gespräch mit bedeutenden Leuten."

Genau das ist hier der Fall.

„Gibt es etwas, das Sie darüber hinaus noch erzählen möchten?", überspielt Verônica tapfer ihren Rausch.

„Um ehrlich zu sein, nein."

„Na gut." Sie schaltet das Aufnahmegerät aus und wendet ihr bebendes Kinn Richtung Fenster.

Vor dem Fenster und der eisigen Atmosphäre der Klimaanlage rasen Möwen, Wolken zeichnen purpurfarbene Striche in den Himmel. Vom Fenster aus sieht man die Docks mit ihren schwarzen Kränen, das Fischerdorf, die unregelmäßig hingeworfenen Inseln, Festungen und Boote ringsum.

Die Alte serviert uns eine zweite Runde Tee.

„Und wer sind Sie?" Sie schaut zu mir und entdeckt mich im Nebel, während die Tasse überläuft.

„Ich bin ein Freund von Verônica."

„Er hat mich erst heute kennengelernt. Ich bin eigentlich eine Bekannte seiner Frau! Und im Aufzug haben wir uns geküsst ..."

„Dona Giulietta, ich bin ein großer Bewunderer Ihrer Kunst!", unterbreche ich sie.

„Lassen wir diese Schmeicheleien, mein Junge."

Die Alte hustet Kommas und räuspert ein paar Schlusspunkte hinterher.

„Was tun Sie so im Leben?"

„Das werde ich heute bereits zum zweiten Mal gefragt. Ich tue gar nichts." Ich sehe, wie Verônica ihr Gesicht vom Fenster abwendet und mich verächtlich ansieht. „Zumindest führt nichts von dem, was ich tue, zu etwas. Ich habe schon einiges versucht ..."

„Aha!" Das Gesicht der Alten hellt sich auf. „Ich liebe Gescheiterte. ‚Triumph hat immer etwas Vulgäres und Entsetzliches ...' Wer hat das noch mal geschrieben?"

„Keine Ahnung."

„Wissen Sie, dass ich meinen Mann habe sterben sehen? Ein Überfall. Ein Überfall auf der Avenida dos Libertadores. Das Witzige ist, dass man ein Leben lang wartet, dass etwas wirklich Bedeutendes passiert, und wenn es dann ..."

Die Alte spricht langsam: Sie muss die Sätze erst einmal in ihrem Körper artikulieren und stößt sie dann an einem Stück aus. In einer lautlosen Bewegung lässt Verônica, von Dona Giulietta unbemerkt, ihre Hand über den Tisch bis zum Aufnahmegerät gleiten und schaltet es ein. Schnell wie ein Lächeln schalte ich das Gerät wieder aus und stecke es ein. Verônica will protestieren, doch ich bedeute ihr mit dem Zeigefinger, dass sie den Mund halten soll.

„Wir waren glücklich. Und ich wartete nur darauf, dass etwas dieses Glück zerstören würde, denn so ist es immer. Zumindest in den Geschichten, die man liest, und in den meisten Texten, die ich gespielt habe, als ich noch Schauspielerin war – doch das ist lange her. Wie viele Jahre, Kind? Vierzig? Diese Erinnerungen kommen mir vor, als gehörten sie jemand anderem. Ich erkenne mich nicht mal mehr in meinen Filmen oder auf Fotos."

Damit deutet sie zögerlich mit dem Finger auf eine Kommode mit Bildhaltern aus dem 20. Jahrhundert.

„Aber ich sprach gerade von meinem Mann, der gestorben ist, er ist vor meinen Augen gestorben, der Arme. Ein Schuss in die Stirn, und dann sind sie gerannt und haben nichts mitgenommen.

Sie richtet sich auf, als wollte sie Luft holen, nimmt sich noch ein Madeleine und fährt fort.

„Kind", sagt sie und schaut mich an, „kannst du dir vorstellen, dass ich, als ich begriffen hatte, was geschehen war, erst einmal lachen musste? Lachen, vor Glück. In dem Moment wusste ich gar nicht, verstand noch jahrelang nicht, warum ich so froh war. Es war ein, wie soll ich sagen?, fast greifbares Glück, als hätte ich einen schon lange erwarteten Preis endlich bekommen. Nach Jahren in der Erwartung ... wir leben ja in Erwartung der Tragödie, nicht wahr? Versteh mich bitte nicht falsch. Ich liebte Il Comendadore! Doch ich lachte und weinte vor Glück, als ich ihn in meinen Armen hielt und seinen Kopf küsste, der in meinem Schoß lag. Ist es lächerlich, wenn ich sage, dass dies die Szene war, die zum Abschluss unseres letzten Akts noch gefehlt hatte? Denn umgekehrt wäre er Zeuge meines débacle geworden. Siehst Du? Diese Hand, die so zittert, dass sie kaum ein Glas halten kann ... Ihm bleibt das erspart." Sie nimmt einen Schluck, der ihren Hals entlangläuft wie eine Welle, die lange nicht brechen will. „Ihm bleibt das erspart."

Verônica schaut mich mit diesen grünen, reglosen Augen an, mit denen sie erfolglos zu weinen versucht. Draußen wird es Nacht – wir bemerken es nicht. Plötzlich wechselt Dona Giulietta den Gesichtsausdruck, lässt ihren Hals knacken und schaltet den Fernseher ein.

„Was wohl gerade läuft?"

Weit weg von uns, am Ende eines langen Korridors, in dem die Stimme der Alten und der Ton aus dem Fernseher nichts als phantasmagorisches Echo im Inneren der gigantischen Wohnung sind, liegt mein Freund in einem Witwenbett. Im Halbdunkel zieht ihm Johann, der Diener und Zuchtmeister, die Schuhe aus, lockert seine Krawatte, gibt ihm Wasser und Kräutertee. Das rudimentäre, dämmernde Bewusstsein von Tomás erduldet dies alles, dann schläft er weiter seinen Schlaf der Abgründe und unterirdischen Tunnel.

Tomás' Traum

Tomás' toter Vater kommt ins Esszimmer in einem Morgenmantel über einem karierten Pyjama, er ist, trotz des kindlichen Ausdrucks in seinen Augen, ein neunzig Jahre alter Herr. Tomás sieht seine faltigen Arme mit den wenigen Haaren, die wie eine krumme Handschrift von seiner Hand herabhängenden Finger – wie fette, weiße Larven, die nach Rasierschaum riechen. Er trägt Sandalen und tritt auf den Boden mit trockenem Laub, Tomás umarmt seinen Vater und taucht in den gerade geöffneten Morgenmantel (wie der von Mxyzptlk im Hotelrestaurant – diese Vergleiche stelle ich an, und nicht Tomás, der nur Bilder träumt, an die er sich nie mehr erinnern wird), verschwindet darin in einem Schwall von Geheule, und nun sieht er zwei Augen, die auf die Brustwarzen des Mannes gerichtet sind, den er vor sich hat, offene, ausgeleierte Abflüsse, einen Mund voller Zähne am Bauch, mit dem der Vater in einer raschen Bewegung Tomás verschlingt, ihn in sich verschwinden lässt, und Tomás, der jetzt selbst alt ist, überlegt, sich aus dem Kippfenster des Mädchenzimmers in seiner Wohnung in der Altstadt, von wo aus er auf einen Himmel aus verbogenen Straßenlaternen sieht (im ersten Stock), herunterzustürzen, dann jedoch lässt er es in einem weisen Entschluss sein und versucht, sich am Sofa die Pulsadern zu öffnen, dabei Nüsse zu essen und Bourbon zu trinken, und als der Schnitt quer zur Vene zu bluten beginnt, quellen aus der geöffneten Haut rote Rosen, und mit einem Blick auf die Blütenblätter begreift Tomás, dass sie von weißen Larven zerfressen sind, deren Bewegung dieselbe ist wie die der Finger seines Vaters unter dem Morgenmantel, an jeder Hand fünf dicke Larven …

Unterdessen öffnet Johann, Diener und Zuchtmeister, in einem sinnlichen Anfall von Leidenschaft den Reißverschluss der Hose des von Morpheus heimgesuchten Reglosen und nimmt nach vorsichtigen Bewegungen mit der rechten Hand die Haut und den erigierten Muskel von Tomás Anselmo in den Mund, der damit nun zum zweiten Mal an diesem Tag in den Genuss dieser Art Zärtlichkeit kommt.

Traumbeschreibungen in Büchern sind mir stets suspekt, und so reiße ich die Tür auf, mit einem Schlag, und Johann, der Diener und Zuchtmeister, blickt auf und versucht, Tomás' Hose wieder zu schließen.

„Sie müssen nicht aufhören. Sie sollten nur sicher sein, dass er nicht aufwacht. Unter gar keinen Umständen.

Der Mann schaut mich stumm an. Ich befehle ihm weiterzumachen, was er nach kurzem Zögern auch tut. Ich setze mich, ramme meine Ellenbogen auf ein Nachtschränkchen, schaue zu und überlege, ob ich eine Zigarre anzünden soll und gleich hier rauchen, doch dann fällt mir ein, dass ich keinen

Tabak rauche. Ich kneife die Augen zusammen, strecke Daumen und Zeigefinger aus, forme vor meinem Gesicht ein „L“, simuliere eine Kameraeinstellung, die es nie geben wird.

Nach genau dreieinviertel Minuten schluckt Johann, der Diener und Zuchtmeister, was er schlucken kann, wischt Tomás mit einem Handtuch ab und kleidet ihn an.

„Geh in den Salon und richte dem Mädchen aus, dass wir gehen.“

Johann, der Diener und Zuchtmeister, verschwindet. Ich versuche, Tomás zu wecken, der immer noch unterwegs ist auf einer langen Reise durch die Schatten der Welt außerhalb seiner Lider und unter Grunzen immer wieder den Namen der süßen Maria sagt.

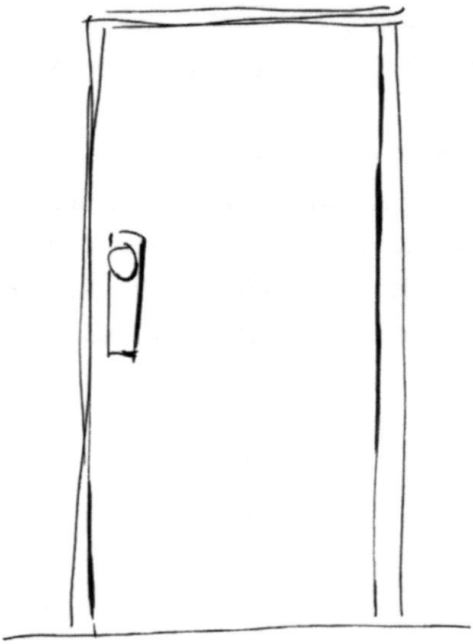

Es musste ja zur Eschatologie kommen, nicht wahr? Dieses Buch hat nichts von Mastroianni. Ben Gazzara würde eher passen. Und dieser Traum war der Gipfel! Warum erzählen Sie nicht einfach eine Geschichte?

„Aber ich will keine Geschichte erzählen. Es gibt nichts zu erzählen ..."

Genau deshalb hat die brasilianische Literatur keine Zukunft.

„Welche Zukunft? Ich habe ja kaum eine richtige Vergangenheit ..."

Vielleicht sind Sie die Personifizierung des jungen Schriftstellers. Ihres alter Egos! Jemand, der es gerne gewesen wäre. Als junger Mensch. Er und seine zynischen, unnützen Freunde, die sich für genial halten ... Ihre verlorene Boheme flamboyante! Man sieht doch, wie frustriert Sie sind! Und niemand hat Mitleid mit Ihnen. Wer sollte Sie auch mögen?

„Ich glaube, ich weiß, was hier los ist!"

Dann klären Sie uns auf, junger Mann.

„Ich bin tot. Und das hier ist eine Art Jüngstes Gericht!"

Sie täuschen sich und vergessen, dass alles Theater ist. Solche Sachen sagen Sie doch gern, Pedro Cassavas!

„Sie verwechseln mich."

Sie und Ihre Sprüche. Nur wirres Zeug von Betrunkenen.

„Wann darf ich hier endlich raus?"

WANN IMMER SIE ES MÖCHTEN, MEIN LIEBER. SIE BRAUCHEN NUR DIE TÜR AUFZUMACHEN.

„Aber ich sehe keine Tür."

DANN ERFINDEN SIE SIE!

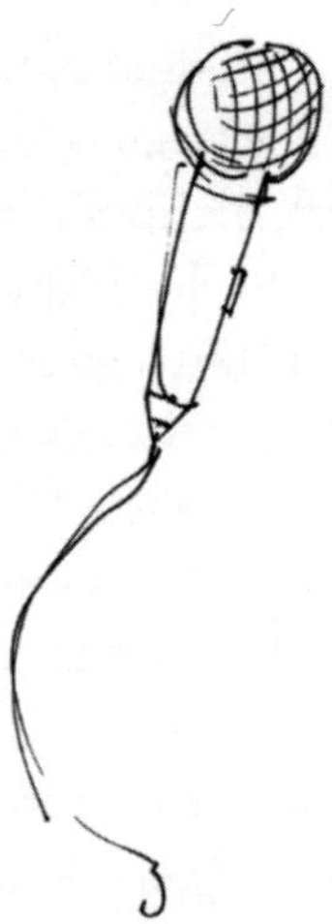

21:44

Draußen ist die Nacht.

Zwischen uns drei mit den Schultern in die Rückbank Gepressten und dem Fahrer von Madame Giulietta, der uns mit weißen Handschuhen am Lederlenkrad chauffiert, befindet sich eine verdunkelte Glasscheibe, die uns die Sicht auf die nasse Straße nimmt. Wir sind unterwegs in dem schwarzen Boliden, schweigend, bis schließlich:

„Willst du nicht endlich Maria anrufen?"

Gleichzeitig, wie in einem unsichtbaren Windhundrennen, wenden Tomás und ich unsere Nasen Verônica zu.

„Sie weiß, wohin wir unterwegs sind. Weil wir immer die gleichen Gedanken haben, zur gleichen Zeit!", sage ich und rufe damit unter Verônicas rauen Brüstchen unversöhnliche Kräfte hervor.

Ihre kleine Hand verlässt meinen Schenkel. Tomás öffnet das Fenster, ein plötzlicher Luftschwall verwirbelt unsere Haare und Jackenaufschläge. Immer noch schwächelnd lässt er sich den Wind um die Nase wehen und streckt seine Zunge aus dem Fenster heraus. Das Auto ruckelt über einen Viadukt, wie ein Schiffbrüchiger in einem Meer von Fenstern, die sich aneinanderreihen wie Fotogramme einer unmöglichen Filmrolle. Und Wellen von Hüten, Fahrrädern, blassen Regenschirmen! Wir steigen im japanischen Viertel aus, in dem Millionen zu den unterirdischen Metrostationen strömen. Überfüllte oberirdische Züge überholen uns. Einige Autos wie das unsere machen es umgekehrt und speien zwielichtige Typen aus vor rauchigen Sushi-Bars, engen Gassen, billigen Pensionen und halbseidenen Dancings, an deren Fassaden Neon-Arrangements blinken.

An unserem Ziel öffnen sich breite, gepolsterte Türen zu einem schnellen, beleuchteten Gang voller Spiegel. Dann durchqueren wir das zweite Portal und sind in einem Saal mit samtbespannten Wänden. Aus einer verschwommenen Perspektive beobachten uns pausbäckige Fische durch ihr Aquariumglas beim Hereinkommen, lassen Blasen aufsteigen und kreisen um sich selbst. Neben dem Aquarium stehen lärmende Maschinen, die nach dem Zufallsprinzip Zahlen und Bilder aufleuchten lassen. Von der Decke herunter baumeln bunte Kugeln, verspiegelte Globen und eine Unmenge blinkender Lichter. Jemand singt in ein silbriges Mikrofon, die Stimme erreicht uns metallisch und wabert durch den Saal.

Die Fische haben uns schon wieder vergessen.

Wir setzen uns an einem niedrigen Tisch auf ein Sofa an der rechten Wand. Uns gegenüber befinden sich die Sushi-Bar und der Goldschimmer der an der Wand aufgereihten Whiskyflaschen. Am Rande des Ganzen ist eine voll ausgestattete Bühne für die Ausübung der Jahrhundertkunst des Karaoke.

Unter dem Klang einer weinerlichen Melodie in orientalischer Sprache bestellen wir Sake und rohes

Fleisch, das wir mit hölzernen Stäbchen herunterschlingen.

„Wenn du Maria jetzt nicht anrufst, tue ich es. Da hinten ist eine Telefonzelle!“ In Verônicas Höschen kocht es.

„Nicht nötig, chèrie. Sonst heißt es nachher, ich hätte nichts gesagt.“

Ich küsse sie, doch sie wendet sich ab und kippt schnell den Inhalt des quadratischen Glases zwischen ihre fleischigen Lippen, Sake läuft ihr über das Kinn.

„Pedro Cassavas, mir geht es schon besser“, Tomás ignoriert weiter die Schöne.

„Kein Wunder, Tomás Anselmo. Du hast in der Wohnung der Alten geschlafen. Hat nur noch gefehlt, dass du dort auch geschissen hättest.“

„Weshalb nennt ihr euch eigentlich beim vollen Namen? Das hört sich so schwuchtelig an.“

Tomás und ich schlagen die Kragen unserer Jacketts hoch, umfangen die Nymphe mit unseren Armen und unserem Atem. Und singen ohne Vorwarnung im Mambo-Rhythmus:

„Io faccio samba e amore fino a tardi
E di mattina non mi sveglio mai
Già sento i primi camion nella strada
Che arde
In un eterno viavai ...“

Woraufhin mich Verônica zu Recht beschuldigt, sie zu befummeln.

„Haltet die Klappe! Ich hasse euch. Ihr habt noch nie etwas Vernünftiges geleistet und werdet es auch niemals tun. Und ihr benehmt euch, als wärt ihr die Größten in dieser Spelunke! Ihr Schwachköpfe."

„Ich weiß nicht, wie es Anselmolein geht, aber ich kann mich einfach nicht für etwas anderes interessieren als für mich selbst. Das ist ein Elend, meine Schöne ..."

„Und ihr quatscht nur wirres Zeug! Wie kann man so leben, ohne zwischen richtig und falsch zu unterscheiden? Ist dir alles egal?", erwidert sie leise mit geweiteten Nasenlöchern und dramatischen Pausen. „Das erzähle ich alles Maria!"

Genau da erbeben die Wände des roten Salons, die Lichter blinken schneller, die Augen der Fische springen aus ihren grauen Höhlen, Spielautomaten speien Münzen aus, die Überwachungskameras richten sich alle auf einen einzigen Punkt, die Spiegel an den Wänden verwinden sich zu einem konvexen Arrangement und der Boden entrollt Hanfteppiche bis zu den Fußzehen von Maria in den leicht feuchten Socken von Maria in den Ballettschühchen von Maria, auf denen Marias Beine stehen, die von Marias feinen Härchen bedeckt in einer Ansammlung süßen Fleisches und den wenigen Schamhaaren von Maria münden, die sich in einer feinen, unauffälligen Linie hinaufziehen bis zum gastlichen Bauchnabel von Maria, nach dem nach zwei Handbreit Haut die zwei Hasenschnäuzchen von Maria kommen, die sich nach einer leichten, aber entscheidenden Beuge mit dem Hals von Maria und ihren gefärbten Schultern vereinen und dem kleinen, fast lippenlosen Mund von Maria, den leicht schrägen, fast geschlossen Augen von Maria und ihren zusammengebundenen Haaren, die in einem Knoten enden, den Maria nun unter einer Tirade von Abgründen und dissonanten Gesängen auf den Verlust löst, während sie sich unter den ungläubigen Blicken von Verônica und Tomás über unseren Tisch beugt.

„Liebling", ich küsse sie.

Tomás und Maria schauen sich unbeholfen an, grüßen sich mit einem angedeuteten Nicken. Anselmo zittert: Ein Gesicht und ein Körper haben nichts zu bedeuten. Das Geheimnis liegt in dem Blick. „Zärtlich, sanft und absolut mörderisch!" Er denkt: „Ich bin tot", „Ich gestehe alles!" und „Ich meine es doch nur gut mit ihr und allen, die sie liebt ..." Dann komme ich ihm wieder in den Sinn, und er beschließt, sich zu beruhigen.

Der Kellner bringt ein viertes Glas, in das ich unserer Märchenkönigin eingieße. Wir stoßen an.

„Auf das Gift!"

„Auf das Gift!"

„Tomás, was glaubst du? Sollten wir den Tod anderer für unsere Freiheit in Kauf nehmen oder unsere Freiheit dem Leben anderer opfern?"

Die Chinesin singt Videoke. Begründet („ein bisschen was") auf Kantonesisch ihre Existenz. Ich höre die Musik wie aus der Ferne, zur Eissäule erstarrt, auf einem Sessel aus Eis in einem Eisschloss. Die süße, engelsgleiche Maria zündet sich eine Zigarette an, saugt den Rauch in ihren Körper ein, von den

Füßen bis zu den Härchen auf ihrem Arm, und stößt dann wieder ein wenig davon als dunkelgraue Wolke aus – und ich weiß nicht, wie viel von dem Grau von ihr selbst ist und wie viel von der Zigarette, als sie meine Frage beantwortet:

„Es gab eine Zeit, da habe ich diese Art Spiel mitgemacht. Heute ist es für mich Zeitverschwendung."

„Siehst du?" Ich tätschle Verônicas linkes Ohr.

„Ich glaube, ich muss kotzen. Kennt ihr keine Gnade, mein Gott?"

„Wusstest du, dass Tomás und ich, als wir Kinder waren, in der Schule beten mussten? Wir wuchsen auf unter Nonnen, die (sie hatten keine Füße!) über dem Boden schwebten, und feisten Religionslehrern. Eine gespenstische Kindheit finsterster Katechismen!"

„Und wir mussten beichten."

„Der Pater, ein ehemaliger Mietskasernenbewohner, fragte immer ..."

„Ob wir mit den Freunden über gewisse Sachen redeten."

„Darin war Pedro übrigens Meister."

„Und wir beteten viel: „Vater unserer Pimmel, geheiligt werden die Damen, der Leib unsers Leibes, dem die Frucht Jesu entsprungen, und führe uns in Versuchung und erlöse uns nie von den Mösen, wie im Himmel, so auf Erden ..."

„Unser Wille geschehe in Ewigkeit, amen!"

„Das Erschreckendste an der Geschichte ist, dass sie uns, nachdem wir das Vaterunser auswendig gelernt hatten, sagten, wir müssten es gar nicht laut aufsagen, denn der Allmächtige könne es auch so hören. Man müsse bloß die Augen schließen und denken. Das mit dem nicht sprechen, nicht einmal die Lippen bewegen müssen und trotzdem gehört zu werden, ist gnadenlos."

„Wenn ihr wüsstet, wie oft ich diese Geschichte schon anhören musste ..."

„Halt die Klappe, Anselmolein! Also wurde ich zum Neurotiker, mit nicht einmal sechs Jahren. Weil ich ununterbrochen schlechte Gedanken hatte. Aber an dem Tag, an dem sie mir sagten, dass Gott alles hört ... hörte ich lieber auf, an ihn zu glauben. Denn würde ich an ihn glauben, käme ich mit Sicherheit in die Hölle!"

Wir lachen mit gefletschten Zähnen. Maria, meine gnädige Heilige, streicht mir über mein armes Köpflein. Verônica führt ihre Hand zum Mund und rülpst dezent.

„Ich komme mit dir auf die Toilette." Die süße Maria steht auf und stützt ihre Freundin, der plötzlich übel ist und bleierne Ketten an den Knöcheln zu hängen scheinen.

Tomás und ich bleiben alleine. Ich bin nur noch ein Überrest von etwas, das ich nicht kenne.

„Ist dir schon einmal die Last der Geschichte begegnet? Ein Krieg, Pest, der Geschmack der Kalamität? Ich spüre, mein lieber Freund, eine Bedeutung! Wie Madame Giulietta heute Nachmittag sagte. Genau hier in dieser peinlichen Karaokebar. Etwas, das die fragmentierte Version der großen Tragödie beendet, das Interregnum von Erstarrung der Sinne und unserer eigenen Zerstörung! Höre, mein Freund! Die Ruhe vor dem Sturm! Vor der Katastrophe, die uns von dieser ewigen Gegenwart erlöst!“ Ich lache dumm, irre und voller Ausrufezeichen.

„So viel Schwachsinn auf einmal. Ich hole mir eine Nummer zum Singen.“

„Und noch eine Flasche Sake.“

„Hast du Geld, Pedro?“

„Dreiunddreißigtausend. Warum?“

„Meins ist zu Ende.“

Die ausgeweidete Zeit: Immer wenn ich an einem Ort mit vielen Menschen bin, sehe ich die Gedärme der Tiere um mich herum! Als sei ich in einem Schlachthof.

„Und was willst du noch, außer meinem Geld? Meine Frau?“

Ach, sind wir ordinär! Tomás steht auf. Er denkt „sinnlos“, „übler Charakter“, „wo steckt die süße Maria?“ Doch er sagt nichts.

„Ich kann die Tür nicht erfinden, von der Sie sprechen."

BITTE SEIEN SIE STILL. DAS IST DER AUSWEG. NICHTS IST VOLLKOMMEN! BENEHMEN SIE SICH.

„Das Hohe Gericht sagt mir also, die Tür sei die Stille?"

„DAS HOHE GERICHT", WIE SARKASTISCH ... WENN SIE SO WEITERMACHEN, DANN BEENDEN WIR DIESES BUCH. DIE KETTEN ... UND MAN STÜRZT TIEF VON HIER AUS ...

„Hören Sie auf damit! Was machen Sie mit der Schaukel?"

23:13

In einer Kabine aus weißen Fliesen und kaltem Licht versucht die süße Maria, Verônica am Nacken zu halten, bevor die Nymphe sich in die Toilette erbricht, sich auf den Boden setzt und mit den Zähnen am Rand der Schüssel aufschlägt.

„Mein Blut ..." Sie versucht, ihr hervorquellendes Zahnfleisch mit ihren bemalten Fingern zu halten: „Es ist so schön."

Und sie jammert:

„Warum hilfst du mir? Ich hatte etwas mit Pedro heute Morgen!"

„Das ist mir egal. Du bist ein gutes Mädchen!" Sie küsst Verônica mit zärtlicher Zunge.

„Ich verstehe euch nicht!"

„Was gibt es denn da zu verstehen? Pedro ist ein liebenswerter Kindskopf, er lebt wie ein Schlafwandler. Wir beide sind ziemliche Kindsköpfe."

„Aber ihr redet darüber?"

„Wir reden eigentlich über so gut wie gar nichts! Das Schweigen, Verônica, ist das Geheimnis. Es wäre barbarisch, immer alles auszusprechen. Und ebenso wenig denke oder schreibe ich über das, was gerade passiert, im Gegensatz zu euch ...", sagt lächelnd die allersüßeste Maria. „Darf ich uns beide fotografieren?"

Als die beiden Schönheiten mit Blut auf den Lippen von ihrer Feenversammlung zurückkommen, steht Tomás auf der Bühne. Mit dem Timbre eines asthmatischen Crooners intoniert er die zynische Ballade des Augenblicks, das silberne Mikrofon fest umklammert. Der Text wird auf die riesigen Bildschirme geworfen, dahinter statische Bilder: Amerikanische Küchen, asiatische Hochhäuser, österreichische Schlösser, der schiefe Turm von Pisa, Frauen aus dem fernen, exotischen Südamerika, deren winzige Bikinis über gebräunten Körpern aufragen.

Ich will das perfekte Konzept,
die Welt wie ein Kindertraum rosa
die pure, kleinbürgerliche Ignoranz
den verlorenen Blick eines Hundes

Ich will den perfekten, gigantischen Spruch
den gedeckten Tisch der nordischen Familien
breakfast, fastfood, junkfood
und ein glückliches, ausschweifendes Leben

Ich will das perfekteste Timing,
die Formel für deinen Erfolg
Improvisation, Spiritualität
will Alpha und Beta zugleich sein

Ich will die perfekte Steigerung
die letzte Kamerafahrt, majestätisch
den geschliffenen, feinsinnigen Dialog
ich will die zwiespältige Eleganz des Galans.

Ich will den perfekten Sex,
ohne dreckige Laken oder schroffe Bewegung
geruchlos, enthaart und bei Licht,
ich will die Liebe in Dosen

Ich will das perfekte Konzept ...

Die süße Maria trommelt mit Essstäbchen auf dem Tisch: „Was für ein bescheuertes Lied!"

Die Menge tanzt paarweise durcheinander. Kurz vor dem Ende fordere ich Maria auf: Ich umfange ihren Körper in einer desaströsen Bewegung, während alle außer uns zwei verblassen, verloren in einer anderen Dimension. In unseren Bewegungen liegt das Gewicht der Kapitulation. Doch unsere Sammlung von Aufopferungen ist falsch: Wir wollen alles! Und ohne auch nur einen Zentimeter unter unseren Füßen aufzugeben, kämpfen wir um die verrauchte Luft, reiben unsere Tentakel aneinander und zeichnen auf dem Boden die Grenzen fremder Länder nach. Ich verloren in einem mitteleuropäischen Cabaret, die süße Maria in einer Gasse in Damaskus! versteckt, mit einem Schleier über den Schultern und unter den Blicken von Tomás auf der Bühne, das verstimmte Dröhnen einer Basstrommel als Rhythmus: das Ende des dritten Refrains.

Bis wir stürzen.

Denn Tanzschritte enden bei mir und der süßen Maria unweigerlich immer im Sturz.

Nach seinem Lied bekommt Tomás Anselmo geräuschvoll Applaus aus dem Publikum. Eine Gruppe am Nebentisch stößt spitze Heuler aus. Alle hysterisch wie epileptische Hyänen, die sich lachend und gegenseitig besabbernd aneinander reiben. Unter Konfettiregen und den roten Lämpchen der Anzeigetafel löst sich Maria von mir und versenkt ihre Augen in einen Spiegel am Ende des Tanzes, so frei, dass sie fast transparent wird – und hier wird deutlich, dass an all den Gerüchten, Maria existierte gar nicht und sei eigentlich eine ganz andere oder gar mehrere, tatsächlich etwas dran ist.

„Die Wahrheit meines Lebens, meine zwei Lieben, ist, dass ich nichts habe“, sage ich und trinke direkt aus der Flasche, nicht ohne vorher eine Prise Salz von meinem linken Handrücken geschleckt zu haben. „Und ich weiß von nichts, kenne nichts. Ich kann nur vermuten! Ich bin ein Vermuter!“

„Wenn er in diesen Zustand gerät, will er nichts mehr essen, sich nicht mehr umziehen oder auch nur so tun, als wäre er ein menschliches Wesen. Ist nur noch ein trinkender Mund.“

„Ich habe das Nichts gewählt!“

„Er ist doch so intelligent. Warum verhält er sich wie ein kompletter Idiot?“

„Ich bin einzigartig! Mein eigener Vorfahre! Und zugleich sage ich nichts, was nicht schon vorher gesagt wurde ...“

Die beiden unterhalten sich, als sei ich gar nicht mehr da oder als seien sie Tanten, Stiefmütter, Mütter, Schwägerinnen, Schwestern und Schwiegermütter, also diese sexuell völlig unerreichbaren Frauen, mit denen wir es ein Leben lang aushalten müssen.

„Das Lustige ist, Maria, dass ich, nachdem mich ein Mann verführt hat, und das nach wenigen Stunden, meist direkt aus der Verzückung in tiefsten Ekel verfalle. Aber so schnell ging es noch nie!“

Ich will wie ein Mann reagieren und Verônica auf der Stelle meine Zunge in den Hals schieben, doch bevor ich meinen Nacken vorstrecken kann, werde ich ohnmächtig, und schwarzer Schleim ergießt sich aus meinem geöffneten Mund über den Tisch.

Es wird dunkel: Eine chinesische Mauer erhebt sich über die Dämmerung und die Welt außerhalb meiner Lider. Wolken, in Wasserlachen düsterer Gassen flackernde Lichter, eine scharlachrote Serviette. Steintunnel, die Offensichtlichkeit des Todes. Ein Schuss. Turbulenz. Der Angriff herabstürzender Cellos. Falsche Vergangenheiten. Schläfrige Füße, frei von Gewicht und in todbringenden Absätzen. Das Drängen der Bilder: erzählte Zeit zwischen römischen Säulen. Ameisen, die meine Arme erklimmen. Das pornografische Bild eines verwesten Toten, der Autogramme ausfertigt. Das Gefühl zu stürzen. Amputiert am Rande graziöser Abgründe. Das unerträgliche Lächeln der süßen Maria vermischt mit dem Körper anderer Männer. Mxyzptlks Sonde! Der Untergrund ohne Vergil oder Charon. Gegenüberliegende Spiegel, das zwielichtige Summen unbekannter Worte. Ein Übermaß an Erde unter den Fingernägeln. Grimmiger Wind, unanständige Lieder, viel zu viele Adjektive.

Und eine Pause.

Das ist der Wendepunkt.

ENDLICH TREFFEN WIR UNS, SENHOR CASSAVAS!

„Was tun Sie hier?"

ICH HABE DIE KONTROLLE ÜBERNOMMEN, ALS SIE GESCHLAFEN HABEN.

„Jetzt kann ich Sie sehen."

SIE TRINKEN ZU VIEL ...

„Und was ich sehe, gefällt mir überhaupt nicht!"

SEHEN SIE ENDLICH EIN, DASS SIE DER AUTOR DIESER GESCHICHTE SIND!

„Schön wär's, wenn ich mein Leben selbst schreiben könnte.

Glauben Sie, ich wäre dann hier und noch dazu mit diesen Leuten?"

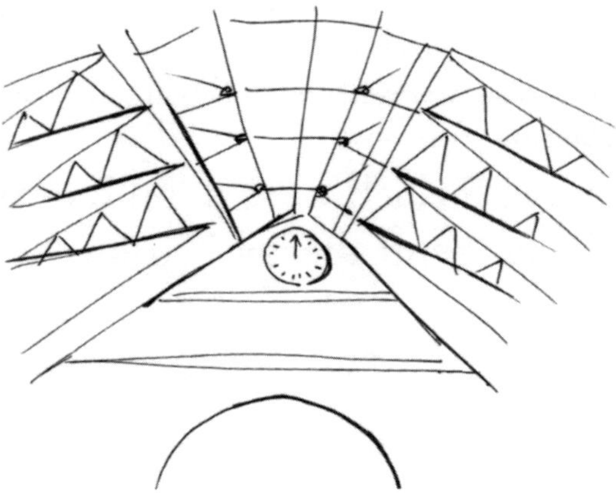

00:00

Pedro Cassavas erwacht in einem weiteren Untergrund. Der Ort zeichnet sich erst allmählich vor seinen Augen ab: Vektoren aus weißem Licht schweben durch den Rauchkasten, Reflexe einer gigantischen Discokugel, die sich über der Tanzfläche dreht. Bunte Kreise wandern über die Wände, im wirren Rhythmus eines unbekannten Liedes. Auch an der Decke sind fluoreszierende Lichter, die das Weiß der Zähne und Schuppen auf den Schultern der unauffälligen Menge zum Leuchten bringen. Sie bewegen ihre Arme und Beine in dem zaghaften Versuch, den aus Lautsprechertürmen geschleuderten Bässen zu folgen.

Unser Held merkt, dass man ihn auf ein Sofa geworfen hat. Neben ihm stiert eine Lulu Brooks mit philosophischem Blick auf eine Lache aus Kotze.

Eingeweihte bilden kleine Tanz-ohne-Tanz-Runden, bewegen Strohhalme in ihren Drinks, mit fast geschlossenen Augen und erhobenen Brauen. Einige starren auf ihre Füße, andere tanzen mit der Wand. Blasierte Diven filmen sich mit gleichgültigem Gesichtsausdruck. Und doch gibt es Exzentrik. In einer Ecke weint still ein Mann, Spuren von Schminke laufen ihm über die weißen Wangen. Neben ihm küsst sich ein androgynes Pärchen exhibitionistisch, so als müsste einer von beiden gleich in den Koreakrieg ziehen.

Alle hier kennen sich, und sei es aus ihren virtuellen Kramläden, was dem Salon den beklemmenden Duft einer geschlossenen Gesellschaft gibt: ein Ambiente aus Insiderwitzen und Miniberühmtheiten, die nur anderen Miniberühmtheiten bekannt sind. Unbekannte Musiker und ihre künftigen Biografen, lockere, außergewöhnliche Genies ihrer Art.

Die Stummfilmschauspielerin beschließt, Pedro wahrzunehmen.

„Ihre Freundin vergnügt sich ohne Sie."

Cassavas wendet sich wieder der Tanzfläche zu, sucht nach der süßen Maria. Da heben die wenigen Auserwählten, die den Text des unbekannten Liedes kennen, ihre Köpfe wie finstere, sich aufplusternde Pfauen: Außer den lauthals synchronisierten Zeilen werden Schlagzeugwirbel und Gitarrensoli von der lokalen Intelligenzija originalgetreu und auf imaginären, durch einstudierte pompöse Gesten in der Luft konstruierten Instrumenten nachgeahmt. Dabei tun sich insbesondere diejenigen hervor, die das enigmatische, den Launen des Diskothekars, jener charakteristischen Persona der Jahrtausendwende, unterworfene Repertoire besser kennen als andere.

Die Spezialisten lenken die Aufmerksamkeit der neurasthenischen Truppe lokaler Weibchen (Nacken frei, gestreifte Blusen, Vinylstiefel, tätowierte Ideogramme) auf sich, sowie den Neid aller Geschlechtsgenossen, die weniger mit der unterirdischen Szenerie bei Hofe rund um den Globus vertraut sind.

Pedro Cassavas, der auch einmal einer dieser Unwissenden war, erhebt sich mit Mühe und sieht, dass in der gegenüberliegenden Ecke des Raums Tomás, Verônica und die süße Maria tanzen. Tomás Anselmo küsst erst die eine, dann die andere, dann küssen sich beide Frauen, und so weiter, bis der Atem von allen drei gleich ist. (Später, in einer intimeren Variante des Spiels, wird Verônica die süße Maria küssen, im Mund noch das Sperma von Tomás, das allerdings wird Cassavas nie wissen.)

„Siehst du? Warum vergnügst du dich nicht ein wenig mit mir?"

Unser Held lässt die kleine Teufelin auf dem Sofa zurück, gelangt durch einen Korridor aus Nebel an die Bar und fragt nach der Uhrzeit. Es ist Mitternacht, sagt man ihm, es sei noch früh, und die Nacht beginne erst: Draußen mäandert eine Schlange aus Hunderten gesichtsloser Männer und Frauen über die feuchten Gehsteige. Im Licht eines Umspannwerks unterhalten sie sich über Banales: nie gelesene Bücher, erfundene Erinnerungen. Lenken sich von schlechten Gedanken ab, den Hintern an Türen von Chevrolets, Ford Falcons oder Heckflossen gelehnt. Hin und wieder weichen sie mit den Köpfen der Leuchtspur eines Gewehrschusses aus.

Ein Teil der Schlange besteht komplett aus Taxi-Girls ohne Höschen, der nächste aus Jugendlichen in T-Shirts mit den Symbolen von Rockbands, der nächste aus stepptanzenden Seeleuten, der nächste aus angehenden Filmkritikern und ihren Lieblingskurzfilmen, der nächste aus vom Alkohol enthemmten Japanern, der nächste aus pensionierten Polizisten in knappen Turnhosen und mit Volleybällen unter dem Arm, der nächste aus einem Chor fliegender Bierverkäufer, der nächste aus von Opium trunkenen Clowns, der nächste aus dilettantischen Essayisten und ihrer Gefolgschaft, Komturen mit Schnauzer und Mantel, unhinterfragten, aus Elfenbeinspitzen rauchenden Bloggern und so weiter. Außerdem gibt es eine Samba-Show, einen Posaunenchor, Tangotänzer und einen Spielmannszug, angeführt von einer Cheerleaderin mit sehr, sehr weißen Beinen.

Pedro Cassavas schreitet die Schlange glissando in entgegengesetzter Richtung ab, ohne zurückzublicken, ohne etwas zu erwidern, ohne Refrains mitzusingen oder mit ciao ciao auf Flirts und die sich wiederholenden Comicfiguren zu reagieren, die ihn erkennen.

Ein gelbes Auto erwartet ihn an der Ecke.

„Fahren Sie."

„Wohin?"

„Egal. Nur fahren. Mehr will ich nicht wissen."

„Haben Sie Geld, junger Freund?"

„Ich bin nicht ihr Freund. Und ich habe Geld."

„Was ist passiert?"

„Ich will nur allein sein."

„Dafür ist ein Taxi nicht der beste Ort."

„Ich zahle das Doppelte, wenn Sie nichts sagen, mein Freund."

Das Auto fährt geradeaus, dreißig weiße Seiten lang oder siebenundzwanzig Minuten Stille, je nachdem, wie schnell Sie lesen.

„Mein Freund, wenn ich hier weiterfahre, sind wir aus der Stadt raus."

„Dann halten Sie an. Ich steige aus."

„Aber wir sind mitten im Nirgendwo! Das ist gefährlich … mein Freund."

Pedro Cassavas überhört die besorgten Warnungen des freundlichen Fahrers und lässt sich an einer Straße weit draußen absetzen. Um den Vollmond herum sieht er einen nebligen, weißen Schimmer, der Strahl eines Scheinwerfers durchschneidet in schneller Bewegung die Wolken und verfolgt ihn durch den winterlichen Hof eines unsichtbaren Gefängnisses.

Die wenigen Autos auf der Straße zischen in weißer Explosion vorbei, um sogleich wieder von der dunklen Geraden verschluckt zu werden. Für einige Sekunden bleiben zwei rote Äuglein zurück, die Pedro aus der Ferne beobachten. Auf dem Weg liegen übereinandergestapelte Steine, zurückgelassener Armierstahl auf Schlammbrachen, der Geruch von verbranntem Gummi, verlassene Tankstellen, traurige Bäume und seltsame Gedanken: „Ich muss sofort Feuer legen", „das Behagen des Todes spüren" oder „wo gibt es hier einen Dry Martini?"

Aus der Dunkelheit lösen sich sieben Hunde unterschiedlicher Rasse und Größe, die einander umschwänzelnd und sich gegenseitig umkreisend am Hintern schnüffelnd Pedro bis zu einer Querstraße geleiten. Man hört ein hohes Pfeifen und die Hunde erstarren. Direkt vor ihren Schnauzen rauscht ein Passagierzug vorbei, dem letzten Waggon weht ein

Hauch Abwesenheit hinterher. Pedro Cassavas fühlt sich wie eine vorgehende Uhr, spürt unter den Nägeln etwas Unvorhersehbares und schon lange Aufgeschobenes. Solange er nicht herausfindet, was es ist, folgt er den Schienen, entgegen der Richtung des soeben vorbeigerauschten Boliden. Die Hunde stürzen in eine Gasse zwischen den Büschen, durch die ein blaues Licht schimmert.

Je näher er diesem Licht kommt, desto stärker hört er den Klang eines einzigen tiefen Tons, der in militärischem Rhythmus den Boden erschüttert. Von den Hunden geleitet, bemerkt er, dass Licht und Ton aus dem Garten einer prachtvollen Villa oben auf einem Hügel kommen, wo eine undefinierbare, schwarz gekleidete Menge zwischen Marmorsäulen umherwandelt. Als Pedro die Hecke überwindet und den Rasen am Schwimmbecken betritt, wird er von einer bedrohlich sympathischen Truppe von Wachleuten mit Walkie-Talkies empfangen.

„Sind Sie eingeladen?“

„Ja, selbstverständlich. Für wen halten Sie mich?“, antwortet Pedro Cassavas, bringt seinen Hemdkragen in Ordnung und schließt den obersten Jackettknopf. „Also ich war ... Bitte behelligen Sie die Dame nicht, wenn sie zurückkommt. Nichts für ungut, Mädels!“

Unter den unschlüssigen Blicken der Wachleute geht er weiter und greift sich ein Champagnerglas vom Tablett einer nur mit Bikini bekleideten Bedienung. Seine Ohren vor den geistreichen Einwürfen einiger Witzbolde verschließend, die sich gerade erst kennengelernt haben, gelangt er an den Eingang der Villa, wo er von einer Gruppe Mädchen in Bodies, kurzen Hosen, mit hohen Absätzen, Fliege und Hasenohren den initiatorischen Satz hört:

„Benvenuto al paradiso!“

Nach diesen süßen Worten betritt Cassavas euphorisch das Haus, das in ein Labyrinth aus schwarzen Wänden und farbigem Neon umdekoriert worden ist. Tastet sich zwischen maskierten Herren hindurch bis zu einer Plastikkuppel am anderen Ende des Gartens. Unter diesem Dach stehen aufblasbare Sofas, Gestelle mit digitalen Monitoren, Kinoscheinwerfer und Titelblätter alter Zeitschriften hängen seitlich an den Wänden. Im Zentrum der kitschfuturistischen Szenerie regiert ein Diskothekar einsam von der Spitze eines silbrigen Kegels herab.

Ellenbogen und Ego auf die Marmorplatte einer Bar gestützt, sieht Pedro Frauen aller Art und Größe eintreffen, mit gebügelten Haaren und in Vakuumhosen, eine Schwemme von Schönheiten, die in Begleitung ganzer Horden jugendlicher Managertypen auf frisch gewienerten Schuhen um drittklassige Berühmtheiten herumschwirren, an deren Namen sie sich momentan nicht erinnern. Das Fest ist ein nicht enden wollender Austausch von Schulterblicken, berechnenden Reaktionen, ewigen Schlangen vor den Toiletten, scharwänzelnden Servierdamen und Tabletts mit thailändischem Essen. Und unangetasteten Flaschen mit schottischem Malt.

Ein Rauschen erfüllt die Gänge des dunklen Labyrinths. Während die unvermeidlichen Bodyguards einen menschlichen Schutzschild um das Mädchen vom Titelblatt bilden, brüllen Reporter, stolpern dabei über Kabel und entfesseln Blitzsalven mit ihren Fingern. Das traurige Bataillon peinigt einander mit Ellenbogen und zerrt an Mikrofonen, Reflektoren und einem Gewirr von Kabeln. Steht sich gegenseitig auf den Füßen. Das Covergirl wird in dem Gewühle ganz klein wie ein auf seinem eigenen Geburtstag vergessenes Kind.

Auf ein weißes Ledersofa drapiert, bleibt die Ausgabe des Monats unter allgemeiner Begutachtung. Fragen und vorhersehbare Antworten werden ausgetauscht, Beine nebeneinandergestellt und wieder übereinandergelegt, bis zum Schluss. Nach einem schnellen Blickwechsel tritt unser Held an den paddock privé einer der prämierten Stuten, eine schlanke, hintergründige, braune Schönheit.

„Kann ich mit ihr sprechen?“

Assistenten und Sicherheitsleute versperren ihm schulterzuckend den Weg.

„Lasst ihn durch!“, spricht das in einen schwarzen Schlauch gekleidete Playmate.

Zwei Krawatten geben den Weg frei. Pedro Cassavas flüstert der Frau einen entscheidenden Satz ins Ohr, diese lächelt und streckt ihm die rechte Hand zu einem schmatzenden Kuss entgegen.

„Wie war noch einmal dein Name?“

„Cassavas. Pedro Cassavas.“

„Ach ja, natürlich. Ich kenne dich“, sagt sie hellenisch und nippt an einer Tasse grünem Tee, der Giftstoffe im Körper verbrennen soll.

Einem Wunsch der Schönen entsprechend geleitet eine Entourage von Gorillas die beiden in einen Speisesaal im ersten Geschoss des Palais. Es schließt sich ein anodischer Dialog von der Art an, wie man ihn unter Kronleuchterlicht mit ungarischen Fotomodellen führt, wenn man einfühlsam sein will.

„Pedro, das macht mich fertig. Diese Welt, die mich nicht träumen lässt!"

„Die Welt hat nichts mit deinen Träumen zu tun, meine Liebe."

„Aber ich sehe nichts als Tragödien und Zerstörung ..." Dramatischer Tonfall, noch ein Schluck von der Entgiftung.

„Aber du bist wunderschön. Schaust du niemals in den Spiegel? Und die Zeitschrift?" Nervös fingert Pedro ein Exemplar vom Stapel.

„Ich kann das Gute nur als Abwesenheit des Entsetzlichen sehen."

„Du solltest solche Dinge nicht sagen. Dein Leben ist ..."

Das Starlet, eine ehemalige tschechische Volleyballspielerin, fällt Cassavas ins Wort:

„Und versuche erst gar nicht, mich dafür schuldig zu fühlen, dass ich das Glück habe, dieses oder jenes zu besitzen. Ich habe es satt, mich dafür zu schämen, was ich habe. Verfickt!"

Die Sicherheitsleute drehen sich nervös um.

„Ganz ruhig, Jungs. Es ist alles in Ordnung."

Im Gesicht des Playmates liegt nun ein Ausdruck, als wollte sie gleich weinen, doch plötzlich unterbricht sie ihre Kirchenschiffstille mit einem spitzen

Lachen. Pedro, ein hunnischer Patient in Seidenunterhosen, hakt im Schlamm stochernd nach:

„Vielleicht müsste unsere Schöne einmal etwas verlieren."

„Schlimmer, als alles zu verlieren, ist es, so weiterzuleben, auf etwas zu warten, von dem ich nicht weiß, was es ist. Und diese Zeitschrift ist ein Scheiß! Schau mal, nicht einmal meine Schamhaare haben sie hinbekommen."

In diesem Moment lässt das Titelblatt dezent einen fahren, vielleicht vom Tee, aber Pedro Cassavas hat viel zu trainierte Nüstern für diese Art von Kontingenz.

„Vielleicht brauchst du mal eine echte Tragödie!"

„Oder einen Schlag in die Fresse, mon cœur.

„Oder das. Einverstanden!"

„Ach Pedro, du bist so besonders. Ober! Ich nehme Rémoulade de Coquilles Saint-Jacques ... Und als Nachtisch Ravioli au Chocolat Araguani. Für uns beide, bitte. Und noch eine Flasche Wein, ja?"

Nach dem Essen stellt ein Assistent mit Sprechfunk im Ohr schweigend einen Eimer neben den Tisch, in den die Marmorstatue das Essen hineinkotzt. Pedro hilft der Schönen beim Abputzen ihres Schnütchens und denkt dabei an Analsex. Sie küssen sich auf den Mund. Als unser Held mit seiner Zunge über die Innenseiten der Wangen der Schönheit fährt und nach soeben hochgewürgten Fischstückchen angelt, fällt ihm auf, dass das Cover gar nicht richtig küssen kann: „Die Zunge einer Frau kann nicht fein genug sein!"

Als sie das Fest Arm in Arm unter den neidvollen Blicken der unteren Kreise verlassen, summen die Sicherheitsleute mit gesenktem Kopf durch die leeren Salons. Pedro entschuldigt sich, um sich auf der Toilette zu erleichtern, wo er von einem Dutzend Journalisten, Verlegern und den dazugehörigen Bäuchen umringt wird.

„Was zum Teufel haben Sie ihr ins Ohr geflüstert? Wie heißen Sie?"

Cassavas pinkelt ruhig weiter, und als er seine Caipirinha fast vollständig auf die Limonen mit Eis in dem Becken entleert hat, dreht er sich um und sagt, noch mit offenem Hosenschlitz:

„Berufsgeheimnis, ihr Leute!", und pinkelt den Kollegen den Rest über die Füße.

In der Limousine noch eine Flasche Champagner, eine Hand zwischen schwitzenden Schenkeln, spitzes Schnaufen und noch ein paar stinkende Flatulenzen der Femme Fatale: Cassavas empfindet einen fast greifbaren Neid auf sich selbst – in Gestalt einer Erektion.

Sie steigen in den Aufzug eines melonenförmigen Hotels, betreten ein Zimmer, das aussieht wie eine Schiffskabine, legen sich in ein Bett in Form einer 8 und entkleiden sich unter Baumwolllaken aus dreihunderttausend von subsaharischen Kindersklaven zusammengenähten Fäden. Und sie hat so schöne Füße, die Schöne! Von den Wänden schauen gerahmte Pferdeköpfe in Weiß auf eine herabhängende Lavalampe. Pedro legt eine Schallplatte auf, schaltet mit einem Fingerschnippen den pentaphonischen Ambient-Sound ein, singt etwas von Tony Bennett und denkt mit einiger Tiefe: „Ach, die Po-Postmoderne!"

Für Cassavas ist wichtig, dass die Damen die Anwesenheit des Mannes, mit dem sie im Bett sind, vollkommen vergessen, damit er selbst Freude am Sex hat. Beim Covergirl ist das so. Nach dem Höhepunkt schläft sie sofort ein.

Zu schüchtern, um das Laken anzuheben und die Skulptur der Frau zu betrachten, die bereits leise schnarcht, greift Pedro Cassavas zur Zeitschrift, die auf dem Ufo-förmigen Nachttisch liegt, blättert darin herum und erkennt auf den Fotos die retuschierte Nacktheit des Körpers, der neben ihm schläft. Er nimmt die nicht mehr wache Hand der Schönen in seine und zieht sie zu sich, um sie um sein aufragendes Glied zu legen, was nicht gelingt, weshalb seine Eier nach einer unwiderstehlichen Sequenz feuchter und geräuschvoller Tiraden des L'Oréal-Models zu weiterem Leiden verdammt bleiben.

Im Atrium des Hotels gibt unser Held den Bediensteten Autogramme.

Kickt auf der Straße dann Steinchen vor sich her und spürt bittere Sehnsucht nach der süßen Maria und ihrer von Punkten übersäten Haut, die sich vielleicht gerade an die grobschlächtigen Knochen von Tomás Anselmo klammert. Er wäre nicht eifersüchtig, doch er würde sich sehnsuchtsvoll an ihre unabsehbaren Launen und an Phasen der Stille erinnern, an ihr langes Weinen am Morgen, ihre kindliche Fixierung auf Wodka mit Ananas und Karnevalskostürne – sie könnte das ganze Jahr über als Schneewittchen gehen. „Verrückt sind alle Frauen, doch die Verrücktheit der süßen Maria ist vollkommen anders als die der anderen", könnten die vagen Gedanken unseres Galans im Praktikum sein, der seinen Schlips jetzt um die Stirn gebunden, das Jackett mit dem kleinen Finger der rechten Hand über der Schulter trägt, mit der linken eine imaginäre Trompete spielt, und torkelnd über das portugiesische Mosaikpflaster des Britischen Viertels tanzt.

Es ist tiefe Nacht: Sterne drehen ohne Hast ihre Runden, Poeten kondensieren in unförmigen Aureolen. Der Mond glüht, heult, grunzt und gurgelt zur schweigenden Menge und schwebt über verschlafenen Vorstädten. Pedro Cassavas ist ein Nachtzug unter Beobachtung einiger noch leuchtender Fenster in den oberen Stockwerken, streift durch noch geöffnete Konditoreien auf der Suche nach irgendwem. Bohemiens essen Spargelcremesuppe, Travestie-Männer verkaufen auf Marmortreppen synthetische Pillen, Bettler campieren unter mittelalterlichen Rundbögen, Ratten und Kakerlaken nehmen vor der Tür orthodoxer Kirchen die Rinnsteine in Besitz. In der Ferne bremsen Autos, jemand schlägt ein Fenster ein. Der erstickte Schrei einer Frau.

Es ist nur ein Spiel, sagt Cassavas zu sich selbst, fertig, ernst und verloren in einem Zeitengewirr und sich nach dem sehnend, was nie geschah (Fotos, die die süße Maria nie mit seiner Rolleiflex schießen wird!), eingetaucht in die plötzliche Nostalgie eines ewigen Abschieds: Nichts würde nach dieser Nacht noch wie vorher sein. „Aber was habe ich? Habe ich wirklich etwas zu verlieren?", philosophiert Pedro Cassavas vielleicht in seiner peripatetischen Nachdenklichkeit.

Als er bei der Ponte das Artes um eine Ecke biegt, trifft unser aus den Fugen geratener Held hinter einem der Schaufenster des Baixo Gália auf die gallischen Kaffee trinkende und Gauloises rauchende süße Maria, den unbedarften Tomás und die verwöhnte Verônica. Um sie herum schlechte Gesellschaft: Schauspielerinnen, Literaten, Tierschänder, unerträgliche Journalisten und Filmleute, „die unfähigsten Krautraucher ihrer Zeit!" Alles dort ist steril, heruntergekommen und stinkt. Denkt Cassavas und empfindet sich wie ein Schatten: „Der Morgen dieses Tages erscheint bereits wie ein ferner Traum. Wie viel ist geschehen ... Und zugleich gar nichts! Nichts geschieht und wird niemals geschehen, ganz egal, was wir tun in der Welt."

Und dann affektiert:

„Ich kenne niemanden mehr, nicht einmal mich selbst."

Er ist müde, hat Hunger und Durst: „Wie ungünstig, dass man einen Körper hat und Organe, die Nahrung brauchen! Dienstzeiten haben ... Ich wäre am liebsten ein Schatten und weiter nichts!" Und geht weiter, fast stolzierend, erweitert mit jedem Schritt den sich zwischen seinen Hacken und der süßen Maria und seinen ehemaligen Bekannten auftuenden Abgrund, Vergangenheit, die sich von ihm löst wie Schorf. Dann geht er, ohne zu tänzeln oder sich selbst lustige Geschichten zu erzählen. Endlich die Leere! Das leichte Nichts im Magen und in der Seele.

Er muss etwas essen.

Zwei Stewardessen und ein roter Teppich auf dem Gehweg am gegenüberliegenden Ufer des Flusses weisen den Weg zu einem unterirdischen Restaurant: Das Snàporaz befindet sich in einer ehemaligen Bahnstation und die Gäste beugen sich in hölzernen Waggons aus den letzten Schnaufern des 19. Jahrhunderts über Geschirr aus Shanghai. Als Pedro Cassavas seine Füße von der letzten Stufe der Treppe, die in den Gare hinunterführt, löst, ertönt Glockenschlag, Türenschlagen, Gemurmel.

„Willkommen, der Herr, hier entlang, Herr."

Alle verbeugen sich vor Pedro Cassavas, der Platz nimmt und ausgehungert, wie er ist, wie Tomás Anselmo Filet Milanaise à la française bestellt und hastig herunterschlingt, höchstens dreieinhalb Bissen pro Gabel. Bevor er den Kellner um Aluminiumfolie für die Reste bitten kann, tritt ein Alter in einem weißen Morgenmantel in den Raum und lässt sich an einem Tisch direkt neben dem Gang nieder.

Monsieur Mxyzptlk in Begleitung seiner japanischen Pflegerinnen Su und Ju zündet sich eine Mentholzigarette an und winkt Pedro zu, der unbeteiligt tut, sich umschaut und dann auf seine eigene Brust deutet: „Meinen Sie mich?"

Ja.

Nach einem kurzen Austausch von Winken setzt sich der Alte ans Ende des Wagens.

In Cassavas steigt plötzlich Erinnerung auf an das Blatt, das er in der Suite des Alten auf Seite 54 dieses notdürftig von Pedro selbst erzählten Buches aus dessen Tagebuch gerissen hat. Er streicht das Papier glatt und liest zum sechsten von sieben Espressos die Aufzeichnungen des alten Mxyzptlk:

Die Aufzeichnungen des alten Mxyzptlk

01.08. Hinter der Garderobentür höre ich, während die Bühne aufgebaut wird, ein Stimmengemurmel, das Klingen von Gläsern. Draußen stellt sich die Menschenmenge in Schlangen auf in der Hoffnung, der „Schriftsteller" könne ihre farblose Existenz ein wenig erhellen mit einer Erklärung der Welt oder der Kunst, des literarischen Schaffens, des geheimen, intimen Lebens der Bücher und ihrer Verleger. Die Geräusche werden allmählich lauter und der Klang durch den Saal hallender Schritte türmt sich auf, bis das Auditorium voll ist. Mit nasaler Roboterstimme kündigt jemand meinen Namen an. Die Nachzügler beeilen sich, noch die letzten Plätze zu ergattern. Stühle fallen um. Ich nehme feierlich einen Schluck aus einem Glas Wasser, das mir zwei Mädchen in braunen Röcken und mit nach hinten gegelten Haaren anbieten. Ich erhebe mich langsam und gehe durch ein Labyrinth von weißen Fluren, man klopft mir mit aufmunternden Sprüchen auf die Schultern, bis ich schließlich am Rande des Abgrunds stehe.

Zwischen mir und der Bühne ist ein dicker roter Vorhang, den jemand ohne Ankündigung aufzieht und mich damit auf das Trampolin stößt. Die über den Boden schwingenden Schritte werden zu Applaus. Unter dem Summen vermischter Stimmen und einem Gewitter von Blitzlichtern der Fotoapparate und Handys stürze ich geradewegs auf die Bühne. Direkt auf mein Gesicht gerichtet, nehmen mir Scheinwerfer jede Sicht auf das Publikum. Ich setze mich in einen Sessel, lege mit erhabener Geste die Beine übereinander und stütze mein Kinn auf die geschlossene Faust, heuchle Interesse für die anästhesierende Einführung des Moderators. Ich bin ein Quell der Hochmütigkeit und breite Wahrheiten aus über meinen kreativen Prozess voller eigentümlicher Macken, meine ganz eigenen Referenzen, die Gier des Buchmarktes und die Schwierigkeit, jene zarten und ungreifbaren, jedoch für das Überleben des Schriftstellers unentbehrlichen Tierchen zu erobern und zu vermehren, die sich Leser nennen. Dies alles gewürzt mit Ironie und Prisen von einstudierter Selbstverachtung. Gleich schweben durch den Saal meine Worte, meine sorgsam einstudierten Symbole, meine Bilder und Lieblingsoxymora, und ich werde mir in dieser magischen Stunde einbilden, meine Worte hätten die Kraft, die Säulen des Theaters zum Einsturz zu bringen, diesen beleuchteten Graben, womöglich sogar Mädchen und Damen zu entkleiden, indem sie ihnen in den Ohren klingen und ihre Gehirne sprengen in einer Explosion von Blut und Konfetti durch den ganzen Saal, oder meine Worte hätten wenigstens genug Gewicht, Löcher im Boden zu öffnen, die alle ins Erdinnere saugen, meine Adepten und artigen Leserlein, sie und ihre korrumpierende Dienstbarkeit, die leicht applaudieren auf ihren Metallhockern im Zirkus, begierig, mich in der Todeskugel strampeln zu sehen oder, wer weiß!, dass meine Worte schlicht ihre Knochen zermalmen, bis ich endlich alleine wäre, endlich in Frieden mit den Worten, nur meinen Worten, den lieben Wörterlein, die nur ich liebe und niemand anderer …

„Ich sehe, es war ein langer Tag, junger Mann. Nachdem wir uns verabschiedet haben …“, Pedros Lektüre wird unterbrochen, als der Alte zu ihm an den Tisch kommt.

„Heute ist bereits gestern! Auch wenn das keinen großen Unterschied macht“, hastig versteckt Cassavas das verknüllte Papier unter dem Teller mit den Resten.

Der Schriftsteller setzt sich ihm gegenüber und beginnt feierlich:

„Siehst du all diese Leute, mein Junge?“

Cassavas runzelt die Stirn, ruhig, und spitzt seine Lippen.

„Sie wurden geboren, erzogen, erhielten einen Job, sind heute früh aus dem Haus und zur Arbeit gegangen, bekamen Hunger und kamen dann auf die Idee, nachts hier im Snàporaz essen zu gehen, um von dir gesehen zu werden."

Der Alte macht keine Pause. Pedro stottert Kinderphoneme, tut so, als vertiefe er sich in die Speisekarte, zupft am Kragen seines Jacketts.

„Und das Essen? Zu empfehlen?"

„Ich glaube schon."

„Na also! Der Kellner und der Koch legitimieren ihr Leben damit, dass sie dir dieses Stück Fleisch zubereitet haben. Verstehst du? Ich zum Beispiel existiere nur insofern, als ich das Snàporaz betrete, dein Sichtfeld, und dich dazu bringe, ein oder zwei Gedanken an mich zu verschwenden."

Der Kellner kommt an den Tisch, und Pedro bemerkt, dass es derselbe Herr mit Brille und den gewienerten Schuhen ist, der ihn vor Stunden rasiert hat: Péricles. Und seine Küchenhilfe wahrscheinlich der Friseur mit Koteletten und Tolle, der den verängstigten Tomás zwischen beschlagenen Spiegeln in der Tiefe der Galerie rasiert hat, am Morgen eines Tages, der ihm wie ein anderes Leben vorkommt. Und dass die Stewardessen an der Tür zum Restaurant genau dieselben sind, die Tomás im Modegeschäft einkleideten, und der Koch hinter seinen dampfenden Töpfen wahrscheinlich der verlegene Mann, der ihm Haschisch in einer Churros-Verpackung verkaufte, und so weiter.

Pedro springt auf und lässt unter Violinenglissandi in Crescendo seinen Stuhl hinter sich. Noch benommen von gut vierundzwanzig Abfolgen dissonanter, chromatisch ansteigender Akkorde, sieht er Françoise, um Jahre jünger, in einem roten Kleid von der Toilette kommen, das Lächeln der süßen Maria und ihrer Freundin Verônica in den Armen von Tomás, der einen indischen Kittel trägt auf einem gelblichen Foto an der Wand mit der Aufschrift „Cadiz, Hafen – 1887".

Und auf einem Regal hinter dem Tresen, auf dem der Chef seine Teller abstellt, steht ein Kompottglas, in dem in einer Wolke von Schweigen und Formalin ein Fötus schwimmt. An dem konkaven Glas ist ein Stück Pflaster befestigt, auf dem ein Wort steht.

Pedro geht näher heran und kann das Wort lesen: „DU".

Als Cassavas nach seinem kurzen Ausflug zum Tisch zurückkehrt, fragt der Barbierkellner gerade mit jener Vertrautheit, die langjährigen Kunden zuteil wird, ob Monsieur Mxyzptlk etwas essen möchte. Er macht zwei Empfehlungen, nimmt die Bestellung auf (Goanischer Eintopf) und trippelt mit Debütantinnenschrittchen davon.

Su und Ju schauen ihm starr mit dem reglosen Blick japanischer Porzellanpuppen nach.

„Es heißt, es sei unmöglich, alle Dinge des Universums zu begreifen und zu ermessen, ihren verborgenen Sinn zu erfassen oder in eine Ordnung zu bringen, Pedro Cassavas. Einige Kollegen glauben sogar, nicht einmal diese Erkenntnis sei Menschen möglich. Doch ich lehne ihre Methoden ab, Junge! Ich habe Erklärungen."

Esgar Mxyzptlk bestellt drei kleine Flaschen Wasser (die anderen hat er bereits in den letzten zwei

Abschnitten getrunken) sowie drei Scheiben Toast Petrópolis, bis das Essen kommt. Pedro wirft den Strohhalm seines Gin Tonic weg und trinkt das Glas leer.

Dann bricht es aus ihm heraus:

„Herr Mxyzptlk, heute war für mich ein schwerer Tag. Bringen Sie mich nicht noch mehr durcheinander. Warum tun Sie mir das an?"

Mxyzptlk antwortet hoheitsvoll:

„Weil es meine Aufgabe ist. Ich ende hier! Ich existiere nur für diesen Moment, der die Krönung meiner Existenz ist. Wenn du das Snàporaz verlassen haben wirst, bin ich verschwunden. Pedro, ich will dir ein Geheimnis verraten: Es gibt nur das, was man sieht."

Er holt tief Luft zwischen weiteren Schlucken Wasser und fährt im Verkündigungston fort:

„Lange verstanden die Astronomen nicht, warum die Nacht dunkel ist, Pedro Cassavas. Stellen wir uns einen endlosen Raum vor, gleichmäßig mit Sternen gefüllt, so wären in jeder Richtung, in die du schaust, Sterne, und der Himmel wäre Tag und Nacht hell. Doch es heißt, die Nacht sei deswegen dunkel, weil das Universum begrenzt sei und die Geschwindigkeit des Lichtes auch: Das Licht der entferntesten Sterne hatte nicht genug Zeit, auf die Erde bis zu den Menschen zu gelangen. Die Sterne, die außerhalb deiner Reichweite sind, strahlen nicht, Pedro ... Und in Wirklichkeit existieren sie nicht. Denn nur das existiert, was du siehst. Die Nacht ist dunkel, weil Pedro Cassavas nicht alle Sterne sieht. Weil sie von dir aus entstehen und untergehen. Weil das Universum entstand und wieder vergehen wird, sobald du die Augen schließt und sie nicht mehr öffnest. Pedro Cassavas: Du bist der Einzige, der existiert. Wir sind Protagonisten. Oder auch: Wir sind du, aber du bist uns nicht."

Monsieur Mxyzptlk steht auf, was ihm schwerfällt mit seinem Bauch, vermengt seine wuchtige Gestalt mit den Reflexen der Spiegel in dem Waggon und ist weg. Seine beiden Pflegerinnen schauen weiter zum Fenster hinaus, traurig und weitgehend nackt, bis Pedro Cassavas die Rechnung kommen lässt (er muss Mxyzptlks Bestellungen übernehmen, der verschwunden ist, ohne das Essen auch nur anzurühren) und reichlich aufgewühlt auf die Straße hinaustritt.

Was Pedro nicht merkt, ist, dass in dem Augenblick, in dem er aus dem Snàporaz tritt, die Waggons, Stühle, Tische, Tischtücher, Spiegel, Kellner, Stewardessen und Gäste zu einem dunklen Gemenge werden. Während Cassavas durch die gelblichen Straßen der träge erwachenden Stadt streift, platzen hinter jedem Schritt unseres Helden Einkaufspassagen, Glaskästen, verspiegelte Salons, Marmortresen, verschlafene Plätze, Theater, Kathedralen und die gerade erloschenen Straßenlaternen. All ihre Hügel, Gassen, die abschüssigen Straßen, Bögen, Aufgänge, Kasinos, Hotels, Segelschiffe, Moscheen, Strände und Drehrestaurants werden von der Leere eingesogen. Und auch die Palais, die unterirdischen Salons, Wohnungen: Zimmer, Betten, Schränke und

Schubladen. Und die verblichenen Fotografien und das weiße Papier in den Schubladen. Und die Bahnlinien, lange Flure, ovale Buchhandlungen und Marmorgeländer an Wendeltreppen. Und die Spuren und Seiten, die er hinterließ. Und auch Tomás, Verônica und die süße Maria und all seine Erinnerungen, vergangene wie zukünftige, und alle, die ihn je kannten und an die er sich erinnern könnte, und all sein Wissen und so weiter bis zum Schluss.

Und wenn wir aufhören, die Geschichte dieses Protagonisten zu lesen und zu erzählen, verschwinden auch wir.

Bis zu dem Tag, an dem Pedro Cassavas wieder einen von uns sieht.

Danke an Antônio, Chico, Fabrício und Paulinho für den Begriff „Mastroianni-Tag“, auch wenn sein ursprünglicher Sinn von mir in diesem Buch völlig verfälscht wurde.

Und an Pedro Cassavas und die süße Maria für Inspiration und unendliche Geduld.

1. Auflage 2013

www.a1-verlag.de

Die Originalausgabe erschien unter dem Titel „O dia Mastroianni“
bei Agir/Ediouro Publicações, Rio de Janeiro 2007

Satz: Kretschmann2, Bad Aibling
Litho: Kochan & Partner GmbH, München
Typographie, Umschlagentwurf & Gestaltung: Konturwerk, Herbert Woyke
Illustrationen im Buch: Christiano Menezes
Druck: Friedrich Pustet KG, Regensburg
Papier Innenteil: 90 g/m² Werkdruck Munken Premium cream, 1,75-fach
Papier Schutzumschlag: 135 g/m² Bilderdruck weiß hochglänzend
Überzug: 115 g/m² Surbalin Seda opalblau von Peyer
Papier Vor- und Nachsatz: 115 g/m² Surbalin glatt maisgelb von Peyer
Gesetzt aus der 11,2/14,2 Punkt Chaparral Pro regular

Printed in Germany
ISBN 978-3-940666-43-7

Die Übersetzung wurde gefördert vom
Ministério da Cultura do Brasil/Fundaçaõ Biblioteca Nacional

Obra publicada com o apoio do
Ministério da Cultura do Brasil/Fundaçaõ Biblioteca Nacional

MINISTÉRIO DA CULTURA
Fundação BIBLIOTECA NACIONAL